Walter Landin

Mannheimer Karussell

wellhöfer VERLAG

Wellhöfer Verlag
Ulrich Wellhöfer
Weinbergstraße 26
68259 Mannheim
Tel. 0621/7188167
www.wellhoefer-verlag.de

Illustrationen, Titel und Inhalt: Heiko Prodlik-Olbrich, Springe
Titelgestaltung: Pixelhall, Mühlhausen
Lektorat und Korrekturen: Irene Landin, Nicole Fieber, Ulrich Wellhöfer
Satz: Bittner-Dokumedia, Wöllstadt

Alle Personen und Handlungen aus „Mannheimer Karussell“ sind frei erfunden. Ähnlichkeiten mit wirklichen Personen oder tatsächlichen Ereignissen sind nicht beabsichtigt und somit rein zufällig.

ISBN-Nr. 978-3-939540-20-5

Inhaltsverzeichnis

„Was hier not tut, wäre die Einsicht,
dass wir alle Ungeheuerlein sind;
beziehungsweise, weniger schockierend
ausgedrückt: dass zumindest Gedankenspiele
von Lust & Mord zum unveräußerlichen
Bewusstseinsstand auch des normalen
Bürgers gehören."

Arno Schmidt

I

Vorspiel

1

Als Baumer den Schlüssel ins Schloss steckte, klingelte das Telefon. Er hatte es nicht eilig. Mit der Rechten zog er am Türknopf, das Schloss klemmt fürchterlich, müsste dringend mal repariert werden, mit der Linken wollte er aufschließen. Sollte das Telefon ruhig läuten! Es gab einen Widerstand. Ihm fiel der gestrige Abend ein. Am Morgen hatte sie noch schlafend im Bett gelegen. Auf den Frühstückstisch hatte er einen Zettel gelegt.

„Zieh die Tür einfach zu, wenn du gehst."

Am Morgen hatte Baumer nicht abgeschlossen. Endlich ließ sich der Schlüssel drehen. Ein wenig Grafit würde dem Schloss gut tun. Er öffnete und trat ein. Gerade, als er seine Tasche auf die Bank am Telefon legen und nach dem Hörer greifen wollte, verstummte das Klingeln. Bestimmt hatte Marianne versucht anzurufen. Sie war gestern Morgen mit den Kindern zu ihren Eltern gefahren. Sie war im Streit gefahren, weil Baumer sich vor dem Besuch gedrückt hatte. Er hatte ihr erzählt, dass er von seinem Chef keinen Urlaub bekäme, dabei hatte er nicht einmal gefragt. Aber das hatte er Marianne nicht auf die Nase gebunden. Sie würde fragen, wo er sich gestern Abend herumgetrieben hätte. Er sei nicht zu erreichen gewesen. Ohne seine Antwort abzuwarten, würde sie ihm erzählen, dass sie gut angekommen waren, dass alle zur Goldenen Hochzeit erschienen waren, alle, nur ihr Mann nicht, dass ihre Eltern enttäuscht waren, dass er noch nie etwas für ihre Eltern übrig gehabt hätte. Die alte Leier.

Baumer griff sich an die Schläfe. Die Kopfschmerzen wurden wieder schlimmer. Sollte er noch eine Tablette schlucken? Als er seine Jacke an die Garderobe hängte, klingelte das Telefon erneut. Er nahm ab.

„Ja? Hallo? Wer ist dran?“

Niemand antwortete. Aber er glaubte ein leises, weit entferntes Klopfen zu hören. Dann atmete jemand aus.

„Perverses Schwein!“, hätte Baumer am liebsten in den Hörer gesagt, aber er legte wortlos auf, ging ins Esszimmer und streifte seine Schuhe ab. Auf dem Tisch in der Küche stand noch das Frühstücksgeschirr. Das hätte sie wenigstens in die Spüle stellen können. Er räumte das Geschirr zusammen und bemerkte, dass ihr Teller unbenutzt war. Ihre Kaffeetasse stand nicht auf dem Tisch. Wahrscheinlich hatte sie Hals über Kopf das Haus verlassen.

Er stellte eine Pfanne auf den Herd, kippte Olivenöl hinein, holte drei Eier aus dem Kühlschrank, schlug sie in eine kleine Schüssel und verrührte sie vorsichtig. Das Öl fing schon an zu rauchen. Er schob die Pfanne von der Herdplatte, schnitt schnell etwas Speck klein und warf die Stücke ins Öl. Während ein angenehmer Duft die Küche durchzog, löste er eine Aspirin in einem Glas Wasser auf und trank alles mit Todesverachtung aus. Beim Schütteln schon hatte er das Gefühl, dass die Kopfschmerzen ein klein wenig nachließen. Der Speck war schön braun und er ließ die verrührten Eier von der Schüssel in die Pfanne gleiten. Das Telefon klingelte wieder. Seine Frau konnte hartnäckig sein. Er ließ es noch zwei- oder dreimal läuten, rührte die Eier um und schlenderte zum Telefon.

„Wo steckst du denn? Kannst du dich nicht beeilen?“

Mariannes Stimme klang ihm im Ohr.

„Im Briefkasten werden Sie eine Überraschung finden.“

Es war nicht seine Frau.

„Wer sind Sie?“

„Das tut nichts zur Sache. Einfach in den Briefkasten schauen!“

Und schon war die Verbindung beendet.

Erst der keuchende Perverse, jetzt irgendein Verrückter, der von einer Überraschung im Briefkasten faselte, Baumer hatte schon originellere Anrufe bekommen. Nach der Post musste er auf jeden Fall noch schauen. Aber im Moment waren die Eier wichtiger. Es roch schon leicht angebrannt, sie waren jedoch noch genießbar. Er musste sie nur vorsichtig aus der Pfanne kratzen. Baumer biss in den Brotkanten und schob sich eine Gabel Rührei in den Mund. Salz und Pfeffer hatte er in der Hektik vergessen. Er stellte den Teller zur Seite, goss sich Mineralwasser ein und trank in kleinen Schlucken. Er nahm sich vor, heute keinen Tropfen Alkohol anzurühren. Normalerweise trank er wirklich nicht viel. Aber gestern Abend...

Eine Überraschung im Briefkasten. Die Kopfschmerzen hatten nachgelassen. Der Briefkastenschlüssel hing nicht am Schlüsselbrett. Natürlich! Baumer versuchte, den Inhalt des Briefkastens aus dem Schlitz zu angeln, bekam aber nur die Fernsehzeitung zu fassen. An einen weißen Umschlag reichte er nicht heran. Irgendwann würde der Schlüssel wieder auftauchen und so lange konnte der Brief warten. Sollte er sich nicht doch einen Cognac einschenken? Schon wieder störte ihn das Klingeln des Telefons. Er griff nach dem Hörer.

„Na, ist die Überraschung geglückt?"

„Ich habe noch nicht nachgeschaut."

„Nicht nachgeschaut? Für wen halten Sie mich?"

Die Stimme hatte sich verändert, nicht mehr dieser plaudernd moderate Tonfall. Eine Schärfe hatte sich eingeschlichen, eine Schärfe, die Baumer beunruhigte.

„Wer sind Sie?"

„Das tut nichts zur Sache. Und denken Sie daran: Ich hasse es, wenn ich nicht ernst genommen werde. Sie hören von mir."

Jetzt wieder der eher freundliche, verbindliche Tonfall.

„Vergessen Sie ja nicht Ihren Briefkasten!"

„Was wollen Sie von..."

Seine Frage ging im Knacken des Telefons unter.

Der Briefkastenschlüssel! Baumer machte sich auf die Suche. Zwar konnte es immer noch irgendein Verrückter sein, aber der weiße Umschlag verunsicherte ihn.

Esszimmerschrank, Flur, Sekretär im Wohnzimmer. Überall Fehlanzeige. Bestimmt hatten die Kinder den Schlüssel verlegt. Oder Marianne hatte ihn, nachdem sie den Briefkasten geleert hatte, irgendwo achtlos abgelegt. Wie er diese Unordnung hasste! Baumer spürte, wie Wut in ihm hochstieg. Er ging die Treppe nach oben, durchsuchte flüchtig Evas Zimmer, warf dann einen Blick in Alexanders Reich, als nächstes wurde das Arbeitszimmer unter die Lupe genommen, das Schlafzimmer ließ Baumer links liegen. Es erschien ihm unwahrscheinlich, dass gerade dort sich der Schlüssel finden könnte. Im Regal im Flur schaute er nochmals nach, unkonzentriert und nachlässig. Er hatte sich damit abgefunden, dass er den Schlüssel nicht finden würde, zumindest im Moment nicht. Klar, der Schlüssel würde irgendwann wieder auftauchen, dann, wenn er bestimmt nicht gebraucht wurde. Er öffnete die Kellertür und durchwühlte den Werkzeugkasten. Der große Schraubenzieher war natürlich auch verschwunden. Wütend knallte er den Werkzeugkasten zu. Draußen im Schuppen entdeckte er ein kleines Stemmeisen. Das würde gehen!

Die Tür des Briefkastens ließ sich spielend leicht hochdrücken. Wie Butter. Der weiße Umschlag war zugeklebt. Er trug keine Adresse und keinen Absender. Drinnen läutete schon wieder das Telefon. Baumer riss den Umschlag auf. Er enthielt ein Foto, einen Farbausdruck. Sein Gesicht auf dem Bild war kaum zu erkennen, die Baseballmütze, leicht verrutscht, die Armani-Sonnenbrille, das unrasierte Kinn. Der Rest war verdeckt, verdeckt von langem, dunklem Haar. Yvonne. So hatte sie geheißen. Sie hatte die Arme um seinen Hals geschlungen, drückte ihm einen Kuss auf den Mund, er ließ es sich gefallen. Der Träger ihres Tops war heruntergerutscht, ihre nackte Schulter, seine Hand in ihrem Haar, im Vordergrund ein Weinglas, im Hintergrund ein Regal mit Gläsern, Spiegeln. Gestern Abend. Das musste dieses cool gestylte Café sein, in dem die beiden nach Mitternacht gelandet waren. Danach ins Auto, eine heiße Frau abgeschleppt, hatte Baumer sich eingebildet. Die Aufnahme war eindeutig. Baumer mit einer anderen, während die Gemahlin mit den Kindern zur Goldenen Hochzeit der Schwiegereltern verreist war.

Warum hatte er nicht bemerkt, dass er geknipst worden war? Gut, er war ganz schön abgefüllt gewesen, Bier im Brauhaus, danach Campari, Cognac und Weißwein, alles durcheinander und in Mengen, und er war ja auch nicht gerade extrem trinkfest. Immer noch nervte das Telefon! Das Foto, der geheimnisvolle Anrufer, er hetzte in den Flur und griff nach dem Hörer.

2

Gestern Abend. Der schwere Wollvorhang, der im Winter die Wärme im Raum halten soll, der jetzt aber nur die rauchige, stickige Luft konserviert, bewegt sich. Eine Frau, die am Tresen sitzt, stellt ihr Campari-Glas ab und blickt zum Eingang. Ein Mann um die Vierzig hält sich am Vorhang fest, schaut sich unschlüssig um. Baseballkappe, Sonnenbrille, Dreitagebart. Die Gaststube ist voll besetzt. Die Einrichtung rustikal. Schwere, verkratzte

Holztische, der Raum alles andere als grell ausgeleuchtet. Blickfang ist die Theke mit ihrem großen, ovalen Kupferüberbau. Passend dazu der Wirt, Rauschebart, dicker Bauch, darüber eine abgewetzte Lederschürze. Der Mann am Eingang schaut sich noch immer unschlüssig um. Am liebsten würde er umdrehen, auf die Straße hinausgehen, ins Auto steigen, nach Hause fahren, einen Rotwein aus dem Keller holen, in den Sessel zurücksinken. Die Ruhe genießen. Seine Frau ist mit den Kindern weg. Familienfeier. Doch er will etwas erleben, will ausbrechen aus dem Alltagstrott, aus der Eintönigkeit. Er schiebt die Sonnenbrille ins Haar, gibt sich einen Ruck, durchquert den Raum mit schnellen Schritten und verschwindet in einer Tür mit einem pinkelnden kleinen Jungen vorne drauf. Die Toilette macht keinen sehr einladenden Eindruck. An der Decke hängt eine einfache Glühbirne, eine gewagte Konstruktion. Kreuzte da eine Kontrolle auf, das würde Probleme geben. Blaue Ölfarbe an den Wänden, an vielen Stellen abgeblättert, in Kopfhöhe Kalkfarbe, der Farbton undefinierbar.

Bleistift- und Filzschreiberkunstwerke für die Ewigkeit. Die Motive auf das Wesentliche reduziert und sich endlos wiederholend. Der Mann stellt sich vor ein Pissbecken und zieht seinen Reißverschluss herunter. Dann Hände waschen, natürlich gibt es kein Handtuch, an der Wand hängt lediglich ein Heißluftgebläse. Der Mann verlässt die Toilette mit feuchten Händen. Die Türklinke ist nass, wie er das hasst! Die vielen Keime. In der Gaststube ist noch immer kein Tisch frei. Also überwindet er sich und nähert sich dem Tresen, ein prüfender Blick nach oben, die Halterung des Monstrums sieht einigermaßen vertrauenerweckend aus. Die linke Hand behält er lässig in der Hosentasche, sein Blick ist eine Spur gelangweilt. Die Frau mit dem Campari schaut interessiert herüber. Der

Wirt hat alle Hände voll zu tun. In dem Raum herrscht ein lautes Durcheinander. Aus dem Lautsprecher im hinteren Teil der Gaststube beklagt sich Van Morrisson, schon viel zu lange im Exil zu sein.

„Ein Pils."

Der Wirt reagiert nicht. Die Frau an der Theke nippt an ihrem Campari. Sie ist nicht geschminkt. Ihre hellbraunen, schulterlangen Haare trägt sie offen. Der Mann schätzt sie auf dreißig, höchstens.

„Ganz schön voll hier", sagt er.

„Ja, hier ist schon was los."

Sie fährt mit dem Zeigefinger über den Rand ihres Glases. Der Wirt zapft pausenlos, stellt ein Bier nach dem anderen auf die Theke, ab und zu ein Glas Rotwein aus einer Literflasche mit Sternchen am Hals. Erinnerungen an den letzten Frankreichurlaub. Der einfache Tafelwein, der im Urlaub immer so gut schmeckt. Die mitgebrachten Flaschen sind zu Hause jedes Mal eine Enttäuschung.

Eine junge Bedienung in schwarzem T-Shirt, schwarzem Minirock und schwarzen Strümpfen bepackt routiniert ein Tablett und ist nach kurzer Zeit wieder an der Theke. Der Mann winkt dem Wirt.

„Schön der Reihe nach. Sie kriegen Ihr Bier schon noch", brummt der, ohne zu ihm hinzusehen.

„Sie sind das erste Mal hier?"

Die Frau schaut den Mann neugierig an.

„Ja, zum ersten Mal", antwortet der.

„Zufällig?", fragt sie nach.

„Ein Bekannter, ein Freund von mir, hat's mir empfohlen, und da ich gerade hier in der Gegend zu tun hatte, hat es sich so ergeben."

Die Frau trinkt ihren Campari aus.

„Natürlich, das Brauhaus ist zur Zeit in."

Der Mann hört einen spöttischen Unterton heraus.

Der Wirt stellt ein Pils vor den Mann und deutet auf das Campari-Glas.

„Das hört sich ja nicht sehr begeistert an", sagt der Mann und nimmt einen kräftigen Schluck.

„Ist es auch nicht."

„Und warum sind Sie dann hier?"

„Es ist nichts los in der Innenstadt um diese Zeit. Und die halbwegs normalen Kneipen, die können Sie an einer Hand abzählen."

Sie zwinkert mit den Augen.

„Und wenigstens ab und zu kommt ja mal ein lustiger Typ hier hereingeschneit."

Der Mann spült seine Verlegenheit mit einem weiteren Schluck Bier hinunter.

„Was denn für lustige Typen?", fragt er ein wenig verunsichert.

„Na ja, so mit Sonnenbrille, Baseballcap und so."

Der Mann verschluckt sich und prustet einen kleinen Biersprühregen auf die Theke.

„Übrigens, ich heiße Yvonne."

Der Wirt legt wortlos einen feuchten Lappen vor ihn hin. Die Frau ist neben den Mann getreten und schlägt ihm kräftig auf den Rücken. Er wischt sich den Schaum vom Mund, beseitigt die Spritzer auf der Theke und fällt in ihr Lachen ein.

„Du gehst ja ganz schön ran", sagt er.

Sie sieht ihn mit gespieltem Erstaunen an. Er senkt den Blick und bleibt an ihrem Busen hängen. Er trinkt sein Bier leer und schiebt das Glas in Richtung Zapfhahn.

„Lass mal, mein Freund möchte auch einen Campari."

Er will protestieren, sie winkt ab.

„Ich lade dich ein. Hast du auch einen Namen?"

„Entschuldigung, Hermann. Hermann Baumer."

„Hermann, so schön deutsch."

Sie drückt ihm den Campari in die Hand.

„Auf die unerwartete Begegnung von Hermann und Yvonne."

Sie stoßen an. Bevor er sein Glas auf der Theke abstellen kann, nimmt sie es ihm aus der Hand.

„Da hinten wird was frei."

Sie zeigt auf einen kleinen Tisch, von dem drei junge Leute aufstehen. Im Hintergrund beharrt Brian Ferry darauf, dass sich die Zeiten ändern.

3

Baumer sieht sich im Flur stehen. Den imaginären Hut tief in die Stirn gezogen, den Mantelkragen hochgeschlagen, malt er sich aus, wie er das Kabel mit einem Ruck aus der Wand reißt, den Apparat an die Wand donnert, ein steinernes Gesicht dazu aufsetzt, eine Zigarette aus der Tasche fingert, filterlos, was sonst, umständlich ein Streichholz anreibt. Keinen Ton mehr würde er von sich geben, dieser verflixte Apparat, kein nervenaufreibendes, durch Mark und Bein gehendes Klingeln.

Er wusste nicht, wie lange er schon auf der Telefonbank im Flur gesessen hatte, unfähig, einen klaren Gedanken zu fassen. Sie arbeiteten anscheinend zu zweit, Yvonne schleppte die Kunden an, bereitete alles vor, sorgte dafür, dass die Atmosphäre stimmte, dann tauchte ihr Typ auf, ein schneller Druck auf den Auslöser und schon war der Beweis unumstößlich. Ein feines Pärchen! Wie naiv war er denn gewesen! Er spürte erneut die Wut in sich hochsteigen. Und mit der Wut wurde sein Kopf klarer. An den Fingern einer Hand konnte er abzählen, was auf ihn zukam. Geld, die würden ihn bluten lassen, ganz klar!

„Her mit den Moneten, du willst doch nicht, dass deine Frau was erfährt, soll sie vielleicht das Foto zu Gesicht kriegen, und wenn Yvonne erst auspackt..."

Ein nettes Spielchen. Ruhig bleiben, sagte Baumer sich. Jetzt durfte er auf keinen Fall die Nerven verlieren. Noch hatte der Typ nicht wieder angerufen, noch gab es keine Forderung, noch hatte er Zeit. Marianne war schließlich weg, einige Tage würde sie noch bei ihren Eltern bleiben. Also, er durfte auf keinen Fall durchdrehen. Solange keine konkrete Forderung auf dem Tisch lag, waren zu viele Unbekannte im Spiel. Er durfte sich nicht verrückt machen. Er musste einfach den nächsten Anruf abwarten. Dann würden die Karten auf den Tisch gelegt werden!

„Wie viel? Wo die Übergabe?"

Nägel mit Köpfen machen. Er bedauerte, dass er nicht rauchte. Jetzt hätte er eine vertragen können, die Zigarette an der Unterlippe klebend. Als Jugendlicher hatte er sich, während er „Ansichten eines Clowns" von Heinrich Böll gelesen hatte, eine Schachtel Zigaretten gekauft, filterlose, natürlich, eine kleine hellgrüne Packung, an den Namen erinnerte er sich nicht mehr. Hustend hatte er am Fenster gestanden, damit seine Mutter den Rauch nicht mitbekam. Und er war sich sehr erwachsen vorgekommen.

Angenommen, er zahlte, was dann? Wie konnte er sicher sein, dass die Sache damit erledigt war? Wie viele Fotos hatte der Typ denn geknipst? Bekam er wirklich alle Bilder? Woher wusste Baumer, dass ihn kein Fass ohne Boden erwartete? Seine Überlegungen, die immer beunruhigendere Formen annahmen, wurden jäh unterbrochen. Das Telefon! Er riss den Hörer herunter, presste ihn ans Ohr und stieß hervor: „Wie viel wollen Sie?"

„Was soll das? Ist alles in Ordnung?"

Ihm verschlug es die Sprache.

„Bist du noch dran? Was ist denn los?“, fragte ihn Marianne, seine Frau.

„Ja, ja, ich bin noch dran, natürlich. Wie geht's dir denn? Und den Kindern? Und was machen deine Eltern? Wie ist die Stimmung?“

„Langsam, langsam, der Reihe nach. Was ist los?“

„Was denn?“

„Du hast gesagt: ‚Wie viel wollen Sie?‘“

Er versuchte laut zu lachen. Es wurde mehr ein Glucksen.

„Ich lese grade einen Krimi, echt spannend.“

„Sag mal, ist alles in Ordnung mit dir?“

„Lass mich doch erklären, Marianne. Ich lese gerade einen Krimi. Und da wird ein Mann erpresst mit pikanten Fotos, die seine Frau nicht in die Finger bekommen darf. Und gerade im Moment bin ich bei der Stelle, als der Erpresser anruft, und der arme Mann, völlig außer sich, ins Telefon schreit: ‚Wie viel wollen Sie?‘“

„Und weiter?“

„Weiter bin ich noch nicht.“

„Für deinen seltsamen Humor bist du ja bekannt. Meine Eltern sind sauer. Das kannst du dir ja wohl denken“

Und damit war Marianne beim Thema. Zum Glück für ihn. Ihm fiel ein Stein vom Herzen.

„Wir sind gut angekommen, ja, ja. Die Fahrt war natürlich anstrengend.“

Und so weiter. Alle waren zur Goldenen Hochzeit da, alle, nur ihr Mann nicht.

„Mutter hat sich besonders geärgert.“

Baumer hatte nichts anderes erwartet.

„Nein, ich kann nicht nachkommen, Marianne, ausgeschlossen. Es tut mir leid. Wir sind mit Arbeit eingedeckt. Langenbrunn bekommt einen Anfall, wenn ich nur das Wort Urlaub in den Mund nehme. Es geht auf keinen Fall, Marianne, das musst du verstehen.“

„Was ist mit der Katze?"

Seine Frau konnte ohne Vorankündigung das Thema wechseln. Dieses Mal war es ihm recht. Die Katze, was sollte mit ihr sein? Wenn er nach Hause kam, begrüßte sie ihn laut miauend an der Haustür. Heute hatte sie sich noch nicht blicken lassen. Aber das musste Marianne ja nicht wissen.

„Unserer Katze geht es blendend, gefüttert habe ich sie auch schon, gleich als ich nach Hause gekommen bin. Kannst du mir kurz Eva und Alexander geben? Nein? Geht nicht? Schade. Sag ihnen liebe Grüße von mir, wenn sie wieder zurück sind. Ich vermisse sie. Dich natürlich auch, klar, was denn sonst."

Das Gespräch ging schnell zu Ende. Marianne teilte mit, dass sie nicht wisse, wann sie zurückkomme, auf jeden Fall nicht vor Sonntag, zum Schluss wünschte sie ihm noch alles Gute. Der Unterton in ihrer Stimme war nicht zu überhören. Er hatte das Gefühl, dass seine Grüße an ihre Eltern nicht honoriert wurden. Er legte den Hörer auf und wischte sich den Schweiß von der Stirn. Eva, die sechs war und nach den Sommerferien in die erste Klasse kam, und Alexander, der im März vier geworden war, Baumer vermisste seine Kinder wirklich. Aber im Moment hatte er weiß Gott andere Sorgen!

Die Katze, wo war die Katze? Baumer hatte sie heute Morgen nicht aus dem Haus gelassen. Das besagte aber nichts, schließlich konnte Yvonne die Tür zum Garten geöffnet haben. Der Futternapf im Esszimmer war noch voll. Er ging zur Esszimmertür, die in den Garten führte, und rief mit einschmeichelnder Stimme nach Lene. Keine Reaktion. Er holte die Futterdose aus dem Kühlschrank und klapperte mit dem Löffel. Nichts. Den elektrischen Dosenöffner in der Speisekammer einschalten, das half eigentlich immer. Von wegen! Dann das letzte, todsichere Mittel. Jetzt würde sie fordernd schreiend angeflitzt kommen. Er holte den Schleifstein und ein großes Fleischermesser aus der Schublade, stellte sich in die offene Esszimmertür und fing an, das Messer rhythmisch über den Stein zu ziehen. Das musste einfach wirken! Das hatte bisher immer gewirkt. Ziemlich schnell hatte die Katze kapiert, dass das Geräusch des Messerschleifens und das Schneiden der Rinderlunge zusammenhingen. Aber so sehr er sich anstrengte, verstärkt durch zärtliche Lene-Rufe, die Katze ließ sich nicht blicken.

Irgendetwas stimmte nicht. Baumer ging zurück ins Haus, schlich die Treppe hoch, das Fleischermesser hielt er noch immer in der Hand. Antwortete da nicht ein dünnes Katzenstimmchen? Er blieb stehen, horchte, tatsächlich, ein leises Miauen, es sei denn, sein reichlich angegriffenes Nervenkostüm spielte ihm einen Streich. Das vermeintliche Miauen kam von oben, ohne Zweifel, alle Türen waren offen, alle, außer der Schlafzimmertür. Jetzt wurde das Miauen deutlicher, lauter. Die Katze musste im Schlafzimmer sein.

Hoffentlich hat es keine Sauerei gegeben, dachte er, während er die Türklinke niederdrückte und sich voll und ganz auf seinen Geruchssinn konzentrierte.

Das Schlafzimmer seiner Nachbarn fiel ihm ein. Marianne und er hatten damals noch in einer Mietswohnung auf der Rheinau gewohnt. Die Kinder waren noch nicht geboren. Die Nachbarn im ersten Stock hatten sie gebeten, ihre Pflanzen während der Urlaubszeit zu gießen. Ihre Katze war damals noch nicht Lene. Hieß sie Rosa oder Mimi? Er war sich nicht sicher. Jedenfalls schlüpfte die Katze, es war eine grau-getigerte, eines Tages, als seine Frau die Blumen goss, in die Wohnung und verkroch sich, von Marianne unbemerkt, im Schlafzimmer. Erst am nächsten Tag fanden sie Rosa, genau, so hieß die Katze. Die Schlafzimmertür hatte Marianne wie immer geschlossen, nachdem sie gegossen hatte. Die Tagesdecke war ruiniert. Und neben der Tür hing die Tapete in Fetzen von der Wand. Zum Glück waren die Nachbarn nicht nachtragend gewesen.

Ein ungewohnter Geruch lag im Zimmer. Lene saß mitten auf dem Bett, schrie Baumer vorwurfsvoll an, sprang über ein nacktes Bein und rannte an ihm vorbei hinaus. Und dann sah er sie, die Frau von gestern Nacht. Yvonne. Sie lag auf dem Bett, mit Mariannes weißem Frotteebademantel bekleidet, regungslos, ein Arm hing über den Rand, die Augen waren geschlossen. Baumer blieb erstarrt in der Tür stehen. Er glaubte, im falschen Film zu sein. Das Messer fiel ihm aus der Hand. Der Aufprall auf dem Parkett-Fußboden zerriss die Stille. Er glaubte noch immer nicht, was er sah. Unten klingelte das Telefon.

4

Baumer will einen Kaffee bestellen, einen extra starken.

„Kommt gar nicht in Frage, Orvieto, wer hier reinkommt, trinkt Orvieto."

Baumer deutet auf eine Frau mittleren Alters, die ein knappes Silberkostüm mit aufgesticktem Falter trägt und gerade ihre Kaffeetasse übervorsichtig auf die Glasplatte zurückstellt. Neben ihr sitzt ein junger Mann mit unbeweglichem Blick und Bomberjacke.

„Ach die", stöhnt Yvonne. „Anwaltsgattin, spielt die Galeristin. Der Typ neben ihr ist Künstler. Die kannst du nun wirklich nicht als Maßstab nehmen. Zwei Orvieto, bitte."

Der schmale Raum ist mit kleinen Glastischen mit Chromgestellen bestückt, dazu hat der Innenarchitekt schwarze verchromte Lederstühle ausgesucht. Die Wände sind mit Spiegelfliesen bedeckt. Genauso gestylt wie die Einrichtung ist das Publikum, gut angezogene Männer, alle sehr jung, die Haare gegelt, der Blick sehr ausdruckslos. Frauen mit sehr wenig Rock und sehr kurzen Haaren, die abwechselnd an ihren Zigaretten ziehen und am Weißwein nippen. Baumer, unrasiert und mit nackenlangem Haar, wirkt wie ein Fremdkörper. Zu allem Überfluss hat er beim Betreten des Cafés wieder seine Sonnenbrille aufgezogen. Im Hintergrund läuft Synthesizermusik, sphärische Klänge, monoton in ihren ewigen Wiederholungen, eine einlullende Musik, die Baumers Müdigkeit noch verstärkt. Er blickt in einen der unzähligen Spiegel und gähnt. Im Hard Rock Café haben sie die stärkste Musik aufgelegt, alte Doors-Titel, „Waiting for the sun", „Love her madly", den Monstersong von Led Zeppelin, „Stairway to heaven", über zehn Minuten lang. Eine Wahnsinnsmusik. Und jetzt dies. Im Corona haben sie Billard gespielt. Yvonne ist nicht begeistert, aber Baumer besteht darauf. Der Typ hinter der Theke schaut ab und zu mit finsterer Miene zu ihnen herüber. Er macht sich wohl Sorgen um die kostbare Bespannung des Billardtisches. Aber Baumer bringt das Spiel, leicht schwankend zwar, ohne besondere Vorkommnisse zu Ende. An die anderen Kneipen kann er sich nur dunkel erinnern, das schummrige Licht ist überall gleich gewesen. Und die verrauchte Luft. Marianne würde ihn aus dem Schlafzimmer werfen.

„Zum Glück kommt im August das Rauchverbot", lamentiert sie jedes Mal, wenn sie in einer verrauchten Gaststätte sitzen.

Der Kellner bringt zwei Gläser Weißwein, Yvonne prostet ihm überschwänglich zu, Baumer spürt, tief in sich, eine Übelkeit hochsteigen. Er nimmt einen Schluck, denkt schaudernd an die Zeit danach, wenn sich alles drehen wird. Eine Karussellfahrt, die schneller und schneller wird. Und die Drehscheibe des Karussells hat eine leichte Unwucht, sodass sich alles bald nur schlingernd dreht. Nicht einschlafen können. Sich von einer Seite auf die andere wälzen. Das Karussell gewinnt an Fahrt. Er richtet sich auf, sucht den Schalter der Nachttischlampe, wischt sich den Schweiß von der Stirn. Scheißkarussell! Irgendwann legt er sich wieder um, lässt das Licht jedoch brennen. Es dauert nicht lange, bis die Karussellfahrt wieder losgeht. Schließlich landet er doch jedes Mal im Bad, hängt über dem Klo, steckt den Finger in den Hals.

Als Jugendlicher schlägt er, wenn er betrunken ist, auf Anweisung seiner Mutter den Bettläufer um. Irgendwann wird es zur Phobie und er schlägt den Läufer auch um, wenn er nichts getrunken hat. Einmal übergibt er sich aus dem Fenster aus dem dritten Stock. Das Erbrochene klebt an der Hauswand. Und auf dem Dach des gerade angeschafften Volkswagens. Und Sohn Hermann muss den kostbaren VW schrubben.

Yvonne legt ihre Hand auf seinen Hals, drückt ihm einen Kuss auf die Backe, knabbert an seinem Ohrläppchen. Vergessen die bevorstehende Karussellfahrt, Baumer rückt näher. Der Kellner bringt schon wieder einen Weißwein. Baumer lässt sich das Glas willenlos in die Hand drücken.

„Von ihrem Mann vernachlässigt, das gibt's auch andersrum. Verstehst du, was ich meine?“, sagt er.

Als Yvonne ihn nicht bestätigt, fügt Baumer hinzu: „Die Frau den Mann, meine ich.“

„Natürlich“, sagt Yvonne und tätschelt Baumer die Backe. „Und dem armen Hermann geht's auch so? Deine Frau vernachlässigt dich? Du Armer!“

„Du brauchst dich gar nicht über mich lustig zu machen. Weißt du, wie banal das Leben ist? Wie oberflächlich? Tag für Tag der gleiche Trott, morgens früh raus, rein in die Mühle, nachmittags zwei mit nichts zufriedene Kinder, abends mit der Frau vor der Glotze, und im Bett klappt's auch nicht mehr."

Yvonne prostet Baumer zu.

„Gehen wir zu dir oder zu mir?"

Ihre Frage kommt unerwartet.

An der Ampel vor den riesigen Scheiben des Cafés stehen einige Autos. Baumer schaut auf die Uhr, halb zwei durch, kaum noch Verkehr in der Innenstadt. In Wallstadt, wo Baumer mit seiner Familie lebt, herrscht ab zehn Uhr Totenstille in den Straßen und Gassen. Vor ein paar Tagen hat er sich fürchterlich aufgeregt. Die Kinder sind bei der Großmutter gewesen, er ist mit Marianne ausgegangen, tolles Essen beim Chinesen. Danach wollen sie noch einen Cappuccino trinken, einer der ersten warmen Maitage, an dem man auch abends im Freien sitzen kann. Die Kellnerin lässt sich nicht blicken.

„Tut mir leid. Ab zehn gibt's nichts mehr im Freien", bekommt Baumer zur Antwort, als er sich beschwert.

In diesem Café in der Innenstadt haben sie weit nach Mitternacht kaum einen Platz gefunden. Yvonne hat ausgetrunken und zieht Baumer sanft vom Stuhl hoch.

„Lieber zu dir", beantwortet sie die Frage, die sie selbst gestellt hat.

Als Baumer sich mühsam hochwuchtet, dreht sich alles. Das verflixte Karussell!

5

Baumer sieht sich ins Schlafzimmer gehen, aus dem Schrank eine gemütliche Trainingshose zerren, das durchwühlte Deckbett zurückschlagen, vielleicht aus dem Fenster hängen, auslüften wäre nicht das Schlechteste, dann die Katze füttern, einen Tee kochen oder eine Flasche Wein aufmachen. Ein ganz normaler Abend.

Die Schlafzimmertür war leicht angelehnt, Baumer stand im Flur. Die Katze kam wieder die Treppe hochgetrippelt, strich um seine Beine, schnurrte laut, schaute hoch und schrie ihn fordernd an. Er schubste sie mit der Fußspitze weg. Sie ließ sich nicht beeindrucken, Baumer trat mit mehr Nachdruck zu, Lene quietschte und verzog sich. Yvonne im Ehebett. Er streckte die Hand aus, beugte sich vor, berührte die Tür, zog die Hand schnell zurück. Und wenn sich nun doch alles in seiner Einbildung abgespielt hatte? Entschlossen drückte er gegen die Tür, die sich ein Stückchen öffnete, er hörte ein kratzendes Geräusch, es war ein fürchterlicher Ton, die Tür ging nicht weiter auf. Baumer zuckte zurück, blieb sekundenlang bewegungslos stehen, suchte all seinen Mut zusammen und trat mit dem Fuß leicht an die Tür. Nichts passierte. Die Tür bewegte sich nicht. Er trat fester zu, wieder das Geräusch, die Tür bewegte sich einige Zentimeter. Er schaute zu Boden. Die Klinge eines Messers schaute unter der Tür hervor. Das Fleischermesser! Er griff ins Innere des Schlafzimmers, packte das Messer und zog es um die Tür herum. Er trat in den Flur zurück. Die Tür war jetzt so weit offen, dass er das Ehebett im Blick hatte. Es war nicht leer. Yvonne lag leicht auf der Seite, sie drehte ihm das Gesicht zu, ihre Augen waren geschlossen. Auf ihrem Gesicht lag ein friedlicher Ausdruck. Als ob sie schliefe. Der Gedanke durchfuhr ihn, ließ ihn neue Hoffnung schöpfen.

Yvonne schlafend, die ganze Aufregung umsonst, Yvonne schlafend, und alles wäre gut. Sie musste schlafen! Da war noch die Sache mit dem Foto, aber das war doch ein Kinderspiel im Vergleich zu einer Leiche im Bett. Und vielleicht war es ja alles nur ein Gag, den ihm Yvonne mit Hilfe eines Bekannten gespielt hatte. Obwohl der Typ am Telefon sehr überzeugend geklungen hatte!

„Sagen wir eintausend, morgen Abend um 23 Uhr, die Fußgängerbrücke in Neuhermsheim, die, die über die Gleise führt. Kennen Sie die? Gut, kurz hinter dem Baugerüst ist ein Papierkorb. Da hinein werfen Sie den Umschlag mit dem Geld. Die Brücke verlassen Sie auf dem gleichen Weg, auf dem Sie gekommen sind. Haben Sie verstanden?"

Bevor Baumer bestätigen konnte, hatte der Erpresser auch schon aufgelegt.

Yvonne schlafend, die ganze Aufregung umsonst. Baumer tritt ins Zimmer, küsst Yvonne auf die Schulter, fährt mit dem Finger über ihren Rücken, sie schlägt die Augen auf, legt ihren Arm um seinen Hals. Er erwidert ihren Kuss, fragt vorsichtig nach dem Foto, sie drückt ihre Nasenspitze an seine Backe.

Er stand in der geöffneten Schlafzimmertür, Yvonne lag im Bett, der flauschige Bademantel, ihre Augen geschlossen, unbeweglich. Yvonne schlafend? Waren ihre Lippen nicht eine Spur blau angelaufen? Und die dunklen Ränder um die Augen. Er hatte nur eine Möglichkeit, um sich Gewissheit zu verschaffen. Er gab sich einen Ruck, stand vor ihr, sah, dass ihre Lippen tatsächlich verfärbt waren, wusste, dass sich ihre Haut kalt anfühlen würde, berührte sie vorsichtig, berührte sie wie einen Gegenstand, vor dem man sich ekelt, spürte die Gewissheit.

Yvonne war tot, ihr Körper kalt. Er zog seine Hand zurück, spürte, wie Panik in ihm hochkroch, Panik, die er als kleiner Junge im Keller empfunden hatte, wenn seine Mutter ihn schickte, um eine Flasche Sprudel oder ein Glas Pflaumenmarmelade zu holen, wenn er gegen seine Angst ankämpfend Schritt für Schritt weiter vordrang, wenn er anfangs bewusst langsam ging, versuchte, sich zu kontrollieren, bis dann irgendein Geräusch seinen fluchtartigen Rückzug aus dem Keller bewirkte, er in Panik die Treppe hochstürzte, über seine eigenen Füße fiel.

Baumer stürzte aus dem Schlafzimmer, schlug die Tür zu, stolperte die Treppe hinunter, er wollte nur weg von diesem leblosen, kalten Gegenstand, dessen Wärme und Atem er heute Morgen noch gespürt hatte. Er rannte in den Hof, ließ sich im Garten auf die Sandsteinbank fallen. Sein Blick klebte an seinem Zeigefinger, den er weit abgespreizt hielt. Wenigstens wusste er jetzt Bescheid. Yvonne war tot, ohne jeden Zweifel. Die Sache mit den Fotos erschien ihm mit einem Mal unbedeutend, fast eine Lappalie. Yvonne tot. Was war passiert? Und was sollte er tun? Die Polizei rufen? Noch immer glaubte er, die unnatürliche Kälte an seinem Finger zu spüren. Klar, die Polizei. Vielleicht war Yvonne ja eines natürlichen Todes gestorben. Dann war alles halb so schlimm. Halb so schlimm? Die Polizisten würden Fragen stellen. Unangenehme Fragen.

„In welcher Beziehung standen Sie zu der Toten?“

Peinliche Fragen.

„Wie kam die Tote in Ihr Bett?“

Eine fremde Frau tot im Ehebett, Polizei im Haus, die Nachbarn, Marianne. Marianne! In Krimis im Fernsehen kam es vor, dass die Polizei äußerst diskret vorging.

„Meine Frau, Sie verstehen…“

Und Hauptkommissar Leo Kress nickt verständnisvoll. Und wenn Yvonne ermordet worden war? Was würde die Polizei dazu sagen, welche Schlussfolgerungen ziehen? Schließlich war Baumer der letzte, der die Tote lebend gesehen hatte. Der letzte, außer dem Mörder. Aber wer war der Mörder? Würde die Polizei ihn finden? Ja, würde sie ihn überhaupt suchen? Lag es nicht auf der Hand, ihn zu verdächtigen? Immerhin, er war derjenige, der die Polizei gerufen hatte. Das müsste ihm eigentlich Pluspunkte verschaffen. Schließlich präsentiert sich doch ein potenzieller Mörder nicht mit seinem Opfer auf dem Tablett. Aber wenn die Polizei gerade das als einen besonders gerissenen Schachzug interpretierte? Er konnte es drehen und wenden, wie er wollte. Der Hauptverdächtige war erst einmal er selbst.

Auch wenn er der Polizei seine Unschuld beweisen konnte, mit Marianne war der Ofen aus. Sie würde sofort ausziehen, die Kinder mitnehmen, die Scheidung einreichen, das Haus müsste verkauft werden, gerade jetzt, wo ein Ende der Belastungen absehbar war. Alles, was er sich aufgebaut hatte, würde wie ein Kartenhaus einstürzen. Von den Unterhaltszahlungen, die nach der Scheidung auf ihn zukommen würden, ganz zu schweigen.

War es sinnvoll, die Polizei anzurufen? Konnte er nicht die Leiche verschwinden lassen? Aber dann musste er zurück ins Schlafzimmer, musste diesen toten Körper auf dem Bett berühren, ihn anpacken, die Treppe hinunterschleifen. Ihm graute bei dem bloßen Gedanken daran. Und wohin sollte er mit der Leiche? Angenommen er schaffte es, die Leiche zu entsorgen, und die Polizei kam ihm nicht auf die Schliche, Marianne würde in einigen Tagen mit den Kindern zurückkommen, alles wäre wie früher. Wirklich?

Blieb der Erpresser, Yvonnes Komplize mit den Fotos. Der spielte plötzlich wieder eine Rolle. Hermann Baumer schlug sich an die Stirn. Wie jeden Abend die alte Tour, einen Ahnungslosen aufreißen, in eine verfängliche Situation manövrieren, ein Druck auf den Auslöser. Und dann kommt alles anders. Warum war Yvonne überhaupt noch zu ihm mitgekommen? Die Fotos waren doch schon im Kasten. Hatte sie plötzlich Gefühle bekommen? Empfand sie plötzlich doch etwas für ihn? Sie sagt ihrem Macker: „Ich mach nicht mehr mit, ich steige aus." Den packt die Wut, er dreht durch, das Ende vom Lied kannte Baumer. So könnte es gewesen sein. Yvonnes Komplize als Mörder. Folgerung: Von ihm hatte Baumer nichts zu befürchten, im Gegenteil.

Aber, ein ganz großes ABER. Wenn der Komplize der Mörder war, warum brachte er sich selbst ins Spiel, warum erregte er mit seiner Erpressung Aufmerksamkeit. Lumpige tausend Euro, lächerlich. Wäre der Komplize tatsächlich der Mörder und Baumer an seiner Stelle, mucksmäuschenstill hätte er sich verhalten. Es war eher unwahrscheinlich, dass Yvonnes Komplize etwas mit ihrem gewaltsamen Tod zu tun hatte. Andererseits konnte er sich für besonders schlau halten. Die Erpressung stellte der Polizei gegenüber so etwas wie einen Freifahrschein dar. Erpressung okay, aber Mord?

Zugegeben, Baumers Überlegungen waren reichlich chaotisch. Er musste vorläufig von der Annahme ausgehen, dass Yvonnes Komplize nicht ihr Mörder war. Dann lag es durchaus auf der Hand, dass der ihn dafür halten würde, und das konnte ungemütlich werden. Mit der Polizei allerdings durfte er sich keinen Ärger leisten. Dafür hatte er zu viel Dreck am Stecken. Mit Yvonnes Komplizen würde Baumer schon zurechtkommen. Da würde ihm schon etwas einfallen. Nur an den Gedanken, in nächster Zeit wieder das Schlafzimmer zu betreten, daran musste er sich erst noch gewöhnen.

II

Lockerungsübungen

6

„Ober, schenken Sie noch etwas Wein nach. Und fangen Sie dann mit der Vorspeise an. Das ist vielleicht ein Tropfen, ein Weingartener Katzenberg, ein spritziger, trockener Riesling, Spitzenjahrgang. Es geht nichts über einen Badener. Jetzt machen Sie doch nicht so ein Gesicht. Sie werden staunen, mein Lieber. Nippen Sie doch um Himmelswillen nicht so lustlos an Ihrem Glas. Der Wahlkampf scheint Ihnen ja ganz schön an die Nieren zu gehen. Sie können auftragen. Ihre Wahlkampfplakate sind nicht überzeugend. Taubenbrust an Olivensoße, ein Gedicht. Ihre blasse Gesichtsfarbe, mein Lieber, die dunklen Augenbrauen, viel zu kontrastreich. Eine Schande, dass Sie Spargel nicht mögen. Ganz einfach mit Butter serviert. Sie wissen gar nicht, was Ihnen da entgeht! Wenn Sie mich fragen, mein Lieber, farbige Plakate müssen her, leuchtende Farben, ein optimistisches Lächeln, die halbe Miete. Ich weiß, die chronisch schlechte Kassenlage Ihrer Partei. Da kann ich Ihnen doch unter die Arme greifen. Bis Ende der Woche müssten die neuen Wahlplakate hängen. Über die Finanzen machen Sie sich mal keine Sorgen. Vielleicht bilde ich es mir ja nur ein, dass die BABAG bei der Vergabe von Grundstücken manchmal allzu stiefmütterlich behandelt wird. Wir möchten doch alle mitfahren auf diesem Karussell! Kaffee oder Espresso? Aber auch dieses Problem werden wir doch sicher zu unserer aller Zufriedenheit lösen. Ja, das Menü war ausgezeichnet. Die Rechnung, bitte. Alles zusammen. Und auf meinen Namen. Natürlich!“

7

Draußen wurde es langsam dunkel. Baumer erhob sich von der Steinbank, ging ins Haus zurück, seine Panik war verflogen, hatte einer kühlen Überlegung Platz gemacht. Er hatte eine Entscheidung getroffen, sich einen Plan zurechtgelegt, die nächsten Schritte waren klar. Es lag an ihm, sie kühl, überlegt und präzise umzusetzen.

Aus dem Kiefernschränkchen im Wohnzimmer holte er die Kamera und marschierte die Treppe hoch, betrat, ohne groß nachzudenken, das Schlafzimmer, stellte die Kamera auf Automatik ein und knipste ein Bild nach dem anderen, wobei er die Perspektive ständig veränderte. Nach ungefähr zwanzig Aufnahmen setzte er die Kamera ab. Zuerst wollte Baumer Yvonnes Lage durch ein vorsichtiges Drücken mit den Fingerspitzen verändern. Sie bewegte sich nicht. Die Totenstarre musste längst eingesetzt haben. Es blieb ihm nichts anderes übrig, er musste richtig zupacken, um ihre Lage zu verändern. Es kostete ihn einiges an Überwindung. Sie fühlte sich immer noch kalt an, aber das konnte ihn nicht mehr aus der Bahn werfen. Yvonne war tot. Das hatte er inzwischen realisiert.

Der Bademantel! Den durfte sie auf keinen Fall anbehalten, wenn Baumer sie fortbrachte. Er fingerte am Knoten herum, versuchte, ihn unter Yvonne hervorzuziehen. Er zog, zerrte, schüttelte. Der linke Arm, er sperrte sich, ließ sich nicht herausziehen. Baumer drückte den Arm nach hinten, drückte fester, ein unangenehmes Geräusch, er verlor das Gleichgewicht, kippte nach hinten weg und hielt den Bademantel in der Hand. Yvonnes linker Arm stand unnatürlich ab. Von der rechten Schulter über die

Hüfte bis hin zum Oberschenkel zogen sich bläulich rote Flecken. Auch die rechte Gesichtshälfte, der Ellbogen und der Oberarm, der auf dem Bett aufgelegen hatte, wiesen solche Verfärbungen auf. Diese Flecken wollte er unbedingt auf den Fotos festhalten. Die Bilder musste er noch heute auf den PC übertragen und ausdrucken, auch wenn es spät werden würde. Er wollte sie Yvonnes Komplizen im Umschlag überreichen. Der würde an tausend Euro denken und sein blaues Wunder erleben.

Draußen war es jetzt dunkel. Der nächste Teil seines Planes konnte in Angriff genommen werden. Wohin mit der Leiche? Lange hatte er sich darüber den Kopf zerbrochen. Am einfachsten wäre es, den hinteren Teil des Kellers aufzubuddeln, alter Gewölbekeller mit Lehmboden, ideal zum Weinlagern, rein mit der Leiche, im Schuppen lagerten mehrere Sack Estrich-Beton, ursprünglich für den Boden unter der Pergola gedacht, ein todsicheres Versteck für eine unerwünschte Leiche. Marianne würde sich wundern, wäre aber sicherlich mit ihrem Mann zufrieden, hätte der doch ihre Abwesenheit sinnvoll genutzt. Wie oft hatte sie sich schon über den vorsintflutlichen Keller beklagt! Aber was für eine Vorstellung, Abend für Abend in den Keller gehen, vor dem Weinregal stehen, hin und herüberlegen, lieber einen Spätburgunder im Barrique oder einen einfachen Riesling, einen Rosé oder zur Feier des Tages einen Sekt? Jeden Abend der Weg in den Gewölbekeller. Jeden Abend auf Yvonnes Leiche stehen! Die Leiche musste aus dem Haus, auch wenn sie dann über kurz oder lang entdeckt werden würde. Aber wohin? Und, im Moment viel wichtiger, wie konnte Baumer die Leiche aus dem Haus schaffen, ohne dass die Nachbarn Verdacht schöpften? Die Typen von nebenan, mehrere Studenten, die in einer Wohngemeinschaft zusammenlebten, waren abends immer auf Tour. Rechts wurden LKWs mit frisch gedruckten Werbebroschüren beladen. Oder Zulieferer ließen die Paletten mit Papier auf das Pflaster des Hofes knallen. Jetzt im Mai boomten die Geschäfte der Schnelldruckerei „Spitz und Söhne“. Pfingsten stand vor der Tür. Da musste jede noch so unsinnige Werbung unter die Leute geworfen werden.

Die Alte, deren Garten an den Garten von Baumer grenzte, wollte nach dem Streit vor einigen Wochen nichts mehr von den Baumers wissen, knallte Fenster und Türen zu, wenn sie jemanden nur von weitem sah. Anfang März hatte sie bei Familie Baumer geklingelt.

„Hören Sie, Ihre Kinder spielen nachmittags viel zu laut im Garten. Sperren Sie Ihre Kinder ein! Darauf bestehe ich.“

Zwei Tage später hatte sie mit dem Spaten gegen den Gartenzaum geschlagen, als Alexander und Eva im Garten geschaukelt hatten. Marianne war zur Polizei gegangen, die hatten eine Anzeige nicht mal aufgenommen. Es sei doch nichts passiert, hatte der Polizist gemeint. Schließlich war der Zaun nicht beschädigt und die Kinder hatten sich kaum von der Alten erschrecken lassen. Eva hatte der Nachbarin sogar die Zunge herausgestreckt. Das bisherige gut nachbarschaftliche Verhältnis war zerstört. Marianne und ihr Mann ignorierten die Alte von diesem Tag an. Und auch den Kindern wurde eingebläut, die Nachbarin bloß in Ruhe zu lassen.

Blieb noch Frau Krüger von gegenüber. Neugierig, wie sie war, lag sie von morgens bis abends im Fenster, sobald sich nur irgendetwas auf der Straße tat, was von Interesse sein könnte. Mit ihr musste Baumer rechnen, wenn er die Leiche in den Kofferraum schaffen würde.

8

„In den Abendstunden kann es zu zeitweiligen Verkehrsbehinderungen kommen.“

Behinderungen, Baumer hätte lachen können, noch dazu zeitweilig! In Wirklichkeit ging nichts mehr. Stillstand, Stau! Und das schon seit einer Ewigkeit. Ausgerechnet heute musste die Abifeier sein! Ein Auto nach dem anderen kam laut hupend aus der Schwetzinger Straße geschossen und verschwand in Richtung Neckarau. Ein endloser Konvoi buntbeklebter Autos. Ein absolutes Verkehrschaos. Und Hermann Baumer transportierte im Kofferraum eine Leiche! Die Polizei tat so, als habe sie alles im Griff. Dies traf vielleicht zu, galt allerdings nur für die Verkehrsteilnehmer, die sich an die Straßenverkehrsordnung hielten.

Baumer trommelte auf das Lenkrad. Aus dem aufgerollten Verdeck einer Ente, die Baumer wie ein Vehikel aus einer anderen Zeit vorkam, tauchte ein schlaksiger Abiturient auf, verlor das Gleichgewicht, ruderte mit den Armen und fiel nach hinten weg. Das Hupinferno hatte etwas nachgelassen. Vielleicht bildete Baumer es sich aber auch nur ein. Unzählige Hände streckten sich aus dem Verdeck und retteten den Sturzflieger. Der Polizist mitten auf der Straße breitete noch immer stoisch seine Arme aus.

Baumer fielen die beiden Ganoven ein, starker Krimi, er hatte ihn erst kürzlich gelesen, von einem Franzosen geschrieben, er kam nicht auf den Namen. Die haben auch eine Leiche im Kofferraum, begegnen gleich einer ganzen Kolonne von Polizeiwagen. Unvermittelt lacht der eine los. Das sei auch so eine Geschichte, die mit dem Ehepaar, das mit der Oma in Spanien Urlaub machen will.

Kurz nach der Grenze, aus, vorbei, die Oma wirft die Löffel hin, Herzstillstand. Die Frau stöhnt, all die Formalitäten, mit einem verplombten Sarg über die Grenzen und die vielen Papiere und all der Ärger.

„Nee, nee“, sagt der Mann. „Nicht mit uns.“

Also die Oma rein in die Zeltplane, gut verschnürt auf den Gepäckträger und zurück über die Grenze, selbst einem Herzanfall nahe. Alles bestens. In der erstbesten Kneipe nach der Grenze: Champagner, zur Feier des Tages. Leicht beschwingt kommen die beiden auf den Parkplatz, das Auto ist weg mitsamt der Oma auf dem Dach. Was für ein Gesicht die Eheleute wohl gemacht haben. Und erst die Autodiebe. Immerhin hatten die zwei Ganoven ihre Kofferraumleiche souverän und fachmännisch entsorgt, im Krimi zumindest. Leider gibt es in Mannheim keine Felsen und schon gar kein Meer.

Rechts ausscheren, Vollgas, über den Gehweg schießen. Baumer fing schon an zu fantasieren.

„Vergiss es!“, sagte er laut vor sich hin.

Eines konnte er sich auf keinen Fall leisten: aufzufallen. Also musste er weiter auf das Lenkrad trommeln, musste Ruhe bewahren, wenigstens äußerlich. Ein wackliges Männlein, einige Autos vor ihm entfernt, wollte die Straße überqueren, zuckte aber immer wieder zurück. Baumer kam es vor, als ob jeder zweite Schüler in Mannheim gerade die Abi-Prüfungen bestanden hatte und mit dem Auto unterwegs war. Sein Blick fiel auf die Visitenkarte auf dem Beifahrersitz, weißer Glanzkarton, goldene Schrift.

„Detektei Falke, Tag & Nacht, Überwachung & Ermittlung“.

Der handschriftliche Zusatz war kaum leserlich, Thomas Necker oder Neckers. Golf-Fahrer, aufgemotztes Fahrwerk, Heckspoiler, extrabreite Reifen, eindeutig ein

City-Neurotiker. Baumer kam der Gedanke sofort, als er sich den Golf-Fahrer näher angeschaute.

Noch ganz zu Beginn seiner Leichentour. Baumer war unschlüssig, wo es langgehen sollte. Er fuhr einfach drauflos, es wurde eine wilde, chaotische Tour durch die Vororte, die engen Straßen, der schwarze Golf kam von links, Baumer hatte Vorfahrt, eindeutig, der Golffahrer war schuld.

„Wir können das doch ohne Polizei regeln", schlug der Typ vor und war erleichtert, als Baumer sofort zustimmte.

Nur keine Polizei!, dachte Baumer. Die Beule im Kotflügel war zwar ärgerlich, konnte er jedoch leichten Herzens verkraften, falls mit der Entsorgung der Leiche alles gut ging.

Bis zum Ziel war es nicht mehr weit. Wenn nur diese motorisierten Abiturienten nicht den Verkehr blockierten. Hinter Baumer hupte es. Er schaute in den Rückspiegel. Sein Hintermann fuchtelte wild mit den Armen. Drehten jetzt alle durch? Tatsächlich, das Hupen war verklungen, die Kreuzung war frei, der Polizist hatte die Straße verlassen, lehnte an seinem Dienstwagen. Der Abiturientenspuk war verschwunden, also deswegen regte sich der Hintermann so auf. Baumer winkte ihm freundlich zu. Der Polizist schaute herüber. Keinesfalls durfte Baumer sich auf Grabenkämpfe mit aufgeblasenen Autofahrern einlassen, noch dazu unter den Augen der Staatsmacht. Er knallte den Gang rein, trat voll auf das Gas, die Räder drehten kreischend durch. Nicht auffallen, um Himmels willen. Baumer setzte den rechten Blinker, viel zu spät, fädelte sich ein und bog zum Neckarauer Übergang ab, geradewegs hinter dem Abiturientenkonvoi her. Kein Kilometer mehr. Erst im Auto war ihm die Lösung gekommen. Das langgezogene Geschäftshaus an der Neckarauer Straße, fünfgeschossig, im Erdgeschoss der Teppichsupermarkt, darüber die Unfallchirurgie, im zweiten Stock das Sportstudio, dann die Versammlungsräume irgendeiner kirchlichen Sekte, verschiedene kleinere Klitschen im vierten Stock, und ganz oben die weitläufigen Räumlichkeiten des Architekturbüros Langenbrunn, in dem Baumer als technischer Zeichner seit vielen Jahren angestellt war. Fortbildung in CAD, Spezialist für AutoCAD, so was wie die rechte Hand des Chefs. Letzte Nacht waren helle Flammen aus den Fenstern des Sportstudios geschlagen. Passanten, die zu später Stunde zufällig vorbeigekommen waren, hatten Polizei und Feuerwehr gerufen. Obwohl die Feuerwehr mit zwei kompletten Löschzügen angerückt war, war das Sportstudio völlig ausgebrannt. Der Sachschaden musste in die Millionen gehen. Das ganze Treppenhaus war verrußt, selbst in den Fluren im 5. OG musste eine komplette Renovierung vorgenommen werden. Baumers Chef hatte den ganzen Tag gerechnet, um die Aufstellung für die Versicherung möglichst happig ausfallen zu lassen. Die Türen des Sportstudios waren aufgebrochen, auch die Notausgänge hatten den ganzen Tag über weit aufgestanden. Baumer schaute unsicher in den Rückspiegel. Es müsste ein leichtes sein, die Leiche in das ausgebrannte Sportstudio zu schaffen, sogar ohne größere körperliche Anstrengungen, schließlich gab es einen Fahrstuhl, altersschwach zwar, aber in den vielen Jahren der täglichen Benutzung hatte Baumer blindes Vertrauen gefasst. Wenn nur der Wäschekorb in den Aufzug passte! Und der Verdacht fiel so ganz nebenbei auf das Milieu, schließlich war es ein offenes Geheimnis, dass Zuhälter und Typen aus der Szene im Sportstudio ein- und ausgingen. Baumers Plan war einfach und gleichzeitig genial. Das Haus stand nach zweiundzwanzig Uhr immer leer. Den Hausmeister kannte er, seinen

Wachhund auch. Aber wahrscheinlich würde Baumer ihm gar nicht begegnen. Sich bei einem Bier eine DVD reinzuziehen, das gefiel dem Hausmeister wesentlich besser, als in dem dunklen, verlassenen Gebäude herumzupatrouillieren, zumal er kein Nachtwächter war, wie er immer wieder betonte, bei der miesen Bezahlung sowieso nicht. Es konnte eigentlich nichts schiefgehen.

Morgen, wenn alles überstanden war, würde Baumer in der Detektei Falke anrufen, nicht wegen der Beule im Kotflügel, mehr aus Neugierde, um zu erfahren, ob es einen Thomas Necker oder Neckers dort wirklich gab. Wenn seine Angaben stimmen sollten, könnte er sich eigentlich die Reparatur bezahlen lassen, schließlich war Baumer an der Karambolage nicht schuld gewesen. Er war sicher, dass der Typ ihn gelinkt hatte. Im Moment aber war ihm das gleichgültig.

Baumer schaute wieder in den Rückspiegel. An der nächsten roten Ampel drehte er sich um. Der Rücksitz war leer. Yvonne lag ordentlich verstaut im Kofferraum, und da würde sie auch bleiben. Die Leiche in einen Teppich einwickeln wie in einem schlechten Krimi, einfallslos, abgegriffen, mit einem Wort: billig. Zum Glück war Baumer noch der ausrangierte Wäschekorb auf dem Speicher eingefallen, leicht angemodert zwar, aber stabil geflochten, fast etwas klobig. Bis Yvonne darin verstaut gewesen war! Er hätte nie gedacht, dass sie so sperrig sein könnte. Steif und unbeweglich wie ein Brett. In einer ganz unnatürlichen Position hatte er die Leiche in den Korb gezwängt, gedrückt, geschoben, immer der hautnahe Kontakt mit dem leblosen, kalten Körper, das Quietschen und Ächzen des Korbes. Bis erst der Deckel einigermaßen verschlossen war! Die endlose Plackerei die Treppe hinunter, das Hochwuchten in den Kofferraum. Frau Krüger von gegenüber war, entgegen aller Voraussicht, nicht am Fenster aufgetaucht.

Baumer ließ die Kupplung kommen, dieses Mal langsam und vorsichtig. Die Leuchtreklame vom Teppichbodensupermarkt war schon zu sehen. Zwei Ampeln weiter schien sich der Verkehr wieder zu stauen. Ein Polizist stand dort mit einer rotweißen Kelle in der Hand. Jetzt eine Kontrolle. Das hätte ihm gerade noch gefehlt. Baumer stellte sich vor, wie der Polizist seine Kelle hob, langsam, wie in Zeitlupe. Schon bei der bloßen Vorstellung brach ihm der Schweiß aus, vollkommen unnötig, schließlich wusste er doch, dass er vor dem Polizisten abbiegen musste. In Gedanken stellte er sich eine Polizeikontrolle vor. Wie im Film. Er sah sich rechts ranfahren. Wo sind nur die Fahrzeugpapiere?, schoss es ihm durch den Kopf.

Baumer ordnete sich links ein. Gerade als er abbog, überholte ihn ein Auto, der Fahrer zeigte ihm seinen Mittelfinger. Es war sein Hintermann von vorhin. Vor Baumer tauchte die Einfahrt zum Parkplatz auf.

9

„Halt, was wollen Sie da?“

Eine schneidende Stimme, begleitet von dem bösartigen Knurren eines Hundes.

„Ruhe, Harro!“

Der Hund schlug kräftig an. Ein Lichtstrahl traf Baumers Augen. Es war aus. Aus und vorbei. Die Intensität des Lichts zwang ihn, den alten Wäschekorb auf den Boden zu stellen und seinen Arm schützend vor die Augen zu legen.

„Ach, Sie sind das!“

Wenigstens hatte der Hausmeister den Hund nicht gleich losgelassen.

„Ruhe jetzt, Harro, das ist doch der Herr Baumer."

Der Hausmeister kam auf ihn zu. Noch immer hielt er die Taschenlampe voll auf Baumer gerichtet. Jetzt stand der Hausmeister vor ihm. Der Hund knurrte immer noch. Der Strahl der Taschenlampe wanderte vom geöffneten Kofferraum auf den Boden, wo der Wäschekorb stand.

„Was machen Sie denn noch hier um diese Zeit?"

Zum Glück fiel Baumer eine Ausrede ein.

„Wichtige Akten."

Er deutete nach oben.

„Um diese Zeit?"

„Jede Menge Arbeit, Sie wissen ja."

Der Hund stieß winselnde Laute aus und zog an der Leine.

„Da können Sie ja gleich hier übernachten."

Der Hausmeister lachte so scheppernd über seinen Witz, dass der Hund die Ohren anlegte und einen Moment sein Interesse am Wäschekorb verlor.

„Ich habe meinen Schlüssel vom Büro nicht gleich gefunden. Den werfe ich nach Dienstschluss immer in den Kofferraum."

Baumer staunte über seine Schlagfertigkeit. Der Hund zog wie verrückt an der Leine. Die Töne, die er ausstieß, waren undefinierbar, eine Mischung aus Neugierde, Unterwerfung und Aggression.

„Jetzt gib doch Ruhe, Harro! Platz!"

Der Hund kümmerte sich nicht um das Kommando. Der verdammte Köter konnte Baumers gesamten Plan zum Scheitern bringen. Der Hausmeister riss wütend an der Leine.

„Platz, hab ich gesagt", schrie er los. „Platz, verdammt noch mal!"

Der Hund ließ sich winselnd nieder.

„Das war vielleicht ein Tag heute, kann ich Ihnen sagen, Herr Baumer. Der Brand mitten in der Nacht. Erst die Feuerwehr, dann die Polizei, Spurensicherung, endlose Fragerei, dann wieder Tatortbesichtigung, Fragen, Fragen, Fragen, dann die Typen von der Versicherung, alles in grün. Und als Krönung, Wiegand, heute Nacht müssen Sie besonders aufmerksam sein, meint der Hausbesitzer. Extra-Runden soll ich drehen."

Baumer bückte sich und wollte gerade den Wäschekorb hochheben.

„Warten Sie doch, ich helfe Ihnen."

Bevor Baumer abwehren konnte, hatte der Hausmeister seinen Hund losgelassen und griff nach dem Korb.

„Platz, Harro, Platz! Mann, ist der schwer!"

Der Hund war aufgesprungen und bellte den Wäschekorb an. Er gebärdete sich wie toll. Verdammter Köter! Der Hausmeister ließ den Korb wieder los und zog dem Hund mit der Leine eins über.

Baumer ergriff die Gelegenheit, jetzt oder nie, packte den Wäschekorb, nahm seine ganze Kraft zusammen und wuchtete ihn in den Kofferraum. Der Hund stellte sich mit den Vorderbeinen auf die Stoßstange und bellte wie wild.

„Platz, Harro! Was hat der nur? Verdammt schwer. Was haben Sie denn da drin?"

Baumer brach schon wieder der Schweiß aus. Eine Ausrede fiel ihm auf die Schnelle nicht ein. Die Wahrheit erscheint oft am unwahrscheinlichsten.

„Eine Leiche", sagte er mit gedämpfter Stimme.

Der Hausmeister lachte und schlug ihm auf den Rücken. Baumer ging in die Knie. Er schob den Hund beiseite und schloss schnell den Kofferraum ab. Auf dem Fahrersitz fuhr er sich über die Stirn. Er steckte den Schlüssel ins Zündschloss.

„Aber Sie wollten doch noch die Akten holen."

Baumer winkte ab.

„Sie haben mich überzeugt. Morgen ist auch noch ein Tag."

10

Yvonne lag vor ihm. Er klickte auf dem Monitor das Icon mit der Lupe an. Sogar die Leichenflecken konnte Baumer deutlich erkennen. Er musste nur noch das Drucksymbol aktivieren, das Brummen des Druckers ertönte, und schon hielt er einen weiteren Ausdruck in Händen. In der Ablage stapelten sich mindestens zehn, zwölf Abzüge. Für das Treffen mit Yvonnes Partner war er bestens gerüstet.

„Noch ein Ausdruck, definitiv der letzte", sagte er laut vor sich hin, obwohl die Fotos bereits mehr als ausreichten. Ein Foto noch, eine Vergrößerung, nur das Gesicht. Die Handgriffe verrichtete er inzwischen wie im Schlaf. Baumer war todmüde. Er schielte auf seine Uhr, zwanzig nach zwei. Um halb sieben musste er wieder aufstehen. Und Blaumachen kam nicht in Frage. Er durfte auf keinen Fall auffallen. Alles musste seinen normalen Gang gehen.

Yvonnes Gesicht in DIN-A4-Größe. Ihre geschlossenen Augen, der friedliche Ausdruck. Keine Spuren von einem Kampf, kein Entsetzen in weit aufgerissenen Augen. Irgendwie passte das alles nicht zusammen. Hatte sie denn ihrem Mörder nicht in die Augen geschaut? Seine Hand zitterte. Er sah Yvonnes Gesicht vor sich, unter der Autobahnbrücke, wenige Stunden waren erst vergangen, die Erdklumpen, die ihren Körper bedeckten, die Haare schon fast verschwunden unter der Erdschicht. Mit jeder Schaufel ein Stückchen weniger von Yvonne.

Nach dem Reinfall im Sportstudio war Baumer wieder ziellos durch die Stadt gefahren, unzählige Kilometer. Hinter Friedrichsfeld klebte ein weißer Kleintransporter an der Leitplanke. Auf der Straße bemerkte er einen dunklen Fleck. Blut, durchfuhr es Hermann Baumer. Bis er die grünlichen Glasscherben sah, Weinkisten am Straßenrand verstreut. Er zog den Wagen nach links, bremste leicht ab, „Wein-Ortmann“. Baumer beschleunigte sachte, sah in den Augenwinkeln eine dunkelhaarige Frau, die im Rückspiegel kleiner und kleiner wurde. Unter normalen Umständen hätte er sicherlich angehalten, aber mit einer Leiche im Kofferraum... Nach endlosen Irrwegen kam er an die Baustelle der Autobahn nach Frankfurt am Ortsrand von Wallstadt. Am Rand der Felder präsentierte sich eine Mondlandschaft. Die Autobahn wurde verbreitert und tiefer gelegt, damit die Anwohner aus Wallstadt weniger von dem Lärm der viel befahrenen Straße mitbekamen. Baumer trat auf die Bremse. Die Lösung, etwas profan zwar, aber er war die Leiche endlich los. Er ignorierte das Verbotsschild und hielt unter der Brücke, die für die OEG nach Heddesheim neu gebaut wurde. Baumer schaute sich nach allen Seiten um. Totenstille, kein Wunder, immerhin war Mitternacht längst vorbei. Er zerrte den Wäschekorb aus dem Kofferraum, schleppte ihn zu dem Pfeiler, der noch verschalt war, rannte zurück zum Auto und griff sich den Campingspaten, Überbleibsel vom letzten Urlaub, was für ein Glück. Baumer buddelte unter der Brücke eine Vertiefung, kippte die Leiche aus und schaufelte wie ein Wahnsinniger Erde auf Yvonne. Eine Angelegenheit von wenigen Minuten. Die Leiche würde über kurz oder lang entdeckt werden. Baumer hetzte zum Auto zurück, verstaute den Wäschekorb im Kofferraum und ließ sich erleichtert ins Polster fallen. Yvonne war er los!

Der Ausdruck mit Yvonnes Gesicht fiel ihm aus der Hand. Plötzlich erfasste ihn Panik. Er rannte aus dem Arbeitszimmer, kam erst zur Ruhe, als er im Flur, im Esszimmer, in der Küche und im Wohnzimmer alle verfügbaren Lichtquellen angeknipst hatte. Lene schaute ihn verwundert an, stellte sich vor die Tür zum Garten und schrie. Er öffnete die Tür. Sein Blick fiel auf den Küchentisch. Das Frühstücksgeschirr. Nur eine Tasse. Yvonnes Kaffeetasse fehlte. Bestimmt stand sie im Schlafzimmer. Doch dahin zog es Baumer nun gar nicht zurück. Und auf keinen Fall wollte er dort die Nacht verbringen.

Wie war der Mörder ins Haus gekommen? Hatte Yvonne ihm aufgemacht? Das war noch die beruhigendere Version. War er unbemerkt hereingekommen, vielleicht durch das Kellerfenster? Baumer verschloss die Kellertür und war sich bewusst, dass es ein Kinderspiel war, das Schloss vom Keller aus zu knacken. Er unterdrückte seine Lust auf einen Schluck Rotwein. Der lag im Keller. Er schenkte sich einen Cognac ein und trank ihn in einem Zug. Die Wärme beruhigte. Noch einen. Baumer knipste die Festbeleuchtung im Haus aus. Dann ließ er sich auf das Sofa fallen, zog sich die Decke über. Nur die Stehlampe neben dem Fernseher brannte noch. Es war fünf vor drei. Die Müdigkeit gewann die Oberhand. Er fühlte sich nun ruhiger. Morgen würde er dem Erpresser gegenübertreten. Und er kam nicht mit leeren Händen.

III

Anpfiff

11

Rhein-Neckar-Anzeiger, 8. Mai

Mannheimer Grundstückskarussell?

Immer wieder kommt es vor, dass die Stadt Bauträgern Grundstücke zum Tausch anbietet. Geht es dabei immer mit rechten Dingen zu? Oder kam es in der Vergangenheit zu Unregelmäßigkeiten?

„Geeignete Grundstücke sind im Moment nicht verfügbar. Und außerdem müssen Sie sich als Neuling auf dem Markt erst einmal bewähren."

Diese deprimierende Auskunft bekam ein junger Bauunternehmer, als er beim Amt für Grundstückswesen nach geeigneten Grundstücken anfragte.

„Die Großen haben den Markt unter sich aufgeteilt, und die BABAG, die kriegt das größte Stück ab. Da bleibt für uns Kleine nichts übrig", meinte der Unternehmer, der anonym bleiben möchte, gegenüber unserer Zeitung.

Der Rhein-Neckar-Anzeiger nahm sich der Sache an. Bei den Recherchen stießen wir auf merkwürdige Zufälle.

Am Anfang stand eine Anfrage beim Amt für Grundstückswesen.

„Das kann man so nicht sagen", meinte der Leiter des städtischen Amtes, Gerhard Griese. „Ich gehe davon aus, dass die Badische Baugesellschaft nicht bevorzugt behandelt wird."

Formal mag diese Aussage zutreffen. Bei unseren Nachforschungen kam jedoch Erstaunliches zutage. Eine zentrale Rolle spielt anscheinend ein Grundstücksmakler aus der Region, der im Auftrag der BABAG geeignete Grundstücke sucht und vermittelt. Dieser Grundstücksmakler ist mit der Stadt bereits mehrmals ins Geschäft gekommen, zuletzt bei einem Großprojekt im Süden von Mannheim. Damals hatte die BABAG beim Verkauf eines ehemaligen, brach liegenden Industriegeländes die Nase vorn, zu äußerst vorteilhaften Bedingungen übrigens. Das Areal wurde später vom Grundstücksausschuss des Gemeinderats in ein Wohngebiet umgewidmet.

Aber nicht nur zur Stadt bestehen gute Geschäftsverbindungen. Ist es nur ein Zufall, dass jener Grundstücksmakler auch zur Gemeinnützlichen Baustiftung, kurz als GENÜ bekannt, gute Beziehungen pflegt? Für die Baustiftung ist der Makler als Berater tätig, vermittelt Bauvorhaben, die fast ausschließlich - purer Zufall? - bei der BABAG landen. Zwischen der GENÜ und der Stadt kommt es des Öfteren zum Tausch von Grundstücken. Dabei soll der Grundstücksmakler, und hier schließt sich der Kreis, seine Beziehungen zu beiden Seiten kräftig eingesetzt haben, um zu erreichen, dass vor allem der BABAG attraktive Grundstücke der Gemeinnützlichen Baustiftung zum Tausch angeboten wurden.

Zuverlässigen Informationen zufolge beschränken sich die Beziehungen zwischen einigen Mitarbeitern der Stadt, der BABAG und der Gemeinnützlichen Baustiftung nicht nur auf die geschäftliche Seite. Private Kontakte werden ausgiebig gepflegt, man trifft sich am Stammtisch, unternimmt gemeinsam ausgedehnte Reisen. So ging es im September vorigen Jahres nach Südamerika. Und, wieder ganz zufällig, findet man sich als Nachbarn in einer von der BABAG auf dem Gelände der GENÜ errichteten Siedlung wieder. Nicht nur äußerlich heben sich die Häuser von den anderen der Siedlung ab. Für den Grundstücksmakler und einen leitenden Angestellten des Amtes für Grundstückswesen rückte die Gemeinnützliche Baustiftung von ihrer Regel ab, Gelände nur als Erbpacht weiterzugeben. Schon bis hierher ist die Häufung von Zufällen erstaunlich, aber damit nicht genug. Zwei Tauschgeschäfte mit der GENÜ verband die Stadt mit der Bedingung, einen Architekturwettbewerb auszuschreiben. In beiden Fällen lobte die BABAG den Wettbewerb zur Bebauung aus. In beiden Fällen erhielt ein der BABAG nahe stehendes Architektenteam den Zuschlag.

Eine Häufung von Zufällen, die den unbeteiligten Betrachter nachdenklich stimmt. Aber vielleicht ist ja alles wirklich nur Zufall.

12

In der linken Kammer der Feudenheimer Schleuse schaukelte ein Polizeiboot. Es dauerte noch einige Zeit, bis die Schleuse vollgelaufen war und sich das Tor in Richtung Heidelberg öffnen konnte. Auf der Fußgängerbrücke über den Neckar schaltete Baumer einen Gang höher. Ein nicht enden wollender Güterzug überholte ihn rechts. Er hatte sich entschlossen, das Rad zu nehmen, um zu dem Treffen mit Yvonnes Komplizen zu gelangen. So glaubte er, mobiler zu sein, konnte direkt am Treffpunkt das Rad abstellen, musste nicht entfernt davon parken. Den Weg kannte er wie seine Westentasche, schließlich war er ihn oft genug gefahren, morgens zur Arbeit, abends wieder zurück, fünfundzwanzig Minuten für eine Strecke, wenn er sich fit fühlte. In der letzten Zeit, das musste er zugeben, hatte er nur noch das Auto benutzt.

Der Tag hatte sich endlos hingezogen. Die Arbeit im Büro war eine einzige Quälerei gewesen. Baumer hatte ständig auf die Uhr gesehen, einen Kaffee nach dem anderen getrunken und konnte trotzdem nur mit äußerster Anstrengung die Augen offenhalten. Pünktlich um halb fünf hatte er Schluss gemacht, war geradewegs zur Sporthalle gefahren, in der er jeden Dienstag von halb sechs bis halb sieben mit Hans-Georg Squash spielte. Er wollte diesen Termin nicht ausfallen lassen, obwohl er mit Grausen daran dachte. Alles sollte seinen gewohnten Gang gehen.

Bis zum Umfallen einen Gummiball an die Wand hämmern, gefangen in einem geschlossenen Käfig. Er kannte keine Sportart, bei der ein Sportler dermaßen systematisch in die Erschöpfung getrieben wurde. Und das in seinem Zustand, schon vor dem Spiel ausgepowert und am Ende. Hans-Georg kam etwas später, so konnte sich Baumer in aller Ruhe umziehen und auf die kommenden Strapazen gedanklich einstellen. Es sollte ein ganz normaler Dienstag sein, ein Dienstag wie jeder andere.

Die große Kreuzung, die endlose Warterei, bis die Ampel endlich auf Grün sprang. Das Gebäude der PR-Agentur zur Linken, die lange Gerade, leicht ansteigend bis zur Brücke über die Autobahn Mannheim-Heidelberg, kaum Verkehr, die Schrebergärten, der Bahndamm, dahinter, den Himmel beherrschend, der Mercedes-Stern. Baumer war das Radfahren nicht mehr gewohnt. Er wischte sich den Schweiß von der Stirn.

Hans-Georg kannte er schon etliche Jahre. Über die Kinder und den Kindergarten hatten sie sich kennen gelernt. Früher war es auch ab und zu vorgekommen, dass sie an Wochenenden etwas mit den Familien unternommen und ab und zu abends zusammen ein, zwei, Flaschen Wein entkorkt hatten. Sie waren sogar gemeinsam in Urlaub gefahren. Eine dicke Freundschaft, die genauso schnell, wie sie angefangen hatte, auch wieder auseinander gegangen war. Hans-Georg und sein Lieblingsthema!

„Wenn's erstmal soweit ist und ich dem Boss Adios sage."

Er wollte sich selbstständig machen, wollte eine Kfz-Werkstatt eröffnen, wollte sein eigener Herr werden, wollte Geld verdienen, Kohle machen. Für ihn gab es kein anderes Thema mehr. In den letzten Monaten sahen sich Baumer und sein Freund nur noch beim Squash-Spiel und dem anschließenden Pils in der Vereinsgaststätte. Heute war Hans-Georg einsilbig, was sonst gar nicht seine Art war. In den vergangenen Wochen war er sehr mitteilungsbedürftig gewesen.

„Eine Frau habe ich kennen gelernt, einen Traum von einer Frau."

Im März glaubte er die große Liebe gefunden zu haben und hatte die eigene Frau und seine Tochter verlassen. Große Liebe hin und her, anscheinend klappte es nicht so richtig. Über Einzelheiten ließ sich Hans-Georg jedoch nicht aus. Beim Spiel war er heute unkonzentriert und Baumer hatte, obwohl er eher in einem erbärmlichen Zustands war, keine Mühe mit ihm gehabt. Nach einer guten Dreiviertelstunde hatten die beiden aufgehört, Baumer war es gerade recht gewesen. Als er in die Umkleidekabinen gekommen war, hatte Hans-Georg in der Tür gestanden, ungeduscht, fix und fertig angezogen, die Sporttasche in der Hand.

„Keine Zeit heute, tut mir leid."

Und fort war er.

Nur noch wenige Minuten. Baumer trat langsamer in die Pedale, war aufgeregt. Im Bauch verspürte er ein Kribbeln wie beim ersten Rendezvous. Noch eine Kurve. Dann war er am Ziel.

Die Kaffeetasse, die winzigen Spuren eines weißen Pulvers an ihrem Rand. Am Nachmittag hatte Baumer sich ins Schlafzimmer getraut, das Fenster aufgerissen, das Laken heruntergezogen, die Bezüge in die Waschmaschine gesteckt. Auf dem Nachttisch stand die Kaffeetasse. Der Mörder hatte Yvonne den Kaffee ans Bett gebracht. Ihre Handtasche hatte Baumer im Flur gefunden. Sie enthielt nichts Außergewöhnliches, den obligatorischen Lippenstift, den sie am Sonntagabend jedoch nicht benutzt hatte, einen Schlüsselbund mit drei Schlüsseln daran, einen Ausweis, ein abgestempeltes Rezept, City-Apotheke, zweimal Concor 5, jeweils 50 Tabletten, Baumer hatte keine Ahnung, wozu die gut waren. Schlüsselbund, Rezept und Ausweis hatte Baumer beiseitegelegt, die Handtasche mit dem übrigen Inhalt plus Yvonnes Kleider hatte er in eine Plastiktüte gestopft und in einen Müllcontainer bei der Schleuse geworfen. Der Container war schon ziemlich voll und würde bald geleert werden.

Baumer passierte die Telefonzelle, er musste nur noch einige Meter auf dem Fahrradweg entlangfahren, dann war er schon unter der Fußgängerbrücke, die Neuhermsheim mit dem Industriegebiet in Neckarau verbindet. Er lehnte das Fahrrad an den Brückenpfeiler, wollte es abschließen, ließ es jedoch sein. Es konnte nötig werden, dass er in aller Eile verschwinden musste. Da war es besser, wenn er einen fliegenden Start hinlegte. Baumer tastete an die Innentasche seiner Windjacke, das Kuvert mit den Ausdrucken war da. Er hatte vier Aufnahmen ausgewählt, bei jedem Foto eine andere Perspektive. Er schaute auf die Uhr, er war auf die Minute pünktlich. Jetzt, wo er Yvonnes Adresse kannte und sogar noch den Wohnungsschlüssel parat hatte, wäre es vielleicht nicht das Verkehrteste, sich einmal gründlich in ihrer Wohnung umzusehen.

Langsam nahm er Stufe um Stufe, die Brücke war gut beleuchtet, alle zehn Meter stand eine Laterne, rechts und links versetzt. Ungefähr in der Mitte der Brücke war das Baugerüst aufgestellt. Genau an dieser Stelle war die Birne defekt. War das Zufall?

13

Baumer hatte die Arme locker vom Körper gespreizt, mit federnden Knien wippte er leicht in den Kniekehlen. Höchste Konzentration stand ihm ins Gesicht geschrieben. Als Zugabe eine Prise Lässigkeit. Langsam, Schritt für Schritt nahm er eine Stufe nach der anderen. Für den Bruchteil einer Sekunde erstarrte er, kurz bevor er das Bein nach vorne zog. High noon abends um elf. Gary Cooper in „Zwölf Uhr mittags“ auf dem Weg zum Showdown.

Baumer hatte sich mehr als einmal gefragt, wie er den Erpresser stellen konnte. Zwanzig Meter vor dem Gerüst fand er die Lösung. Ein Treppenabgang, der direkt zu den Gleisen führt.

„Kein Durchgang! Nur für Bedienstete!“

Baumer blieb vor dem Gerüst stehen. Den Papierkorb hatte er bereits entdeckt. Die Übergabe war wirkungsvoll inszeniert, das musste Baumer zugeben, die Szene war optimal ausgeleuchtet. Hell-Dunkel-Kontraste steigerten die Spannung. Er ließ den Umschlag in den Papierkorb gleiten, schaute sich nach allen Seiten um, sah aber nichts. Langsam drehte er sich um und trat den Rückweg an. Am Abgang für Bedienstete ging er einige Stufen nach unten, dann kauerte er sich zusammen und kroch langsam wieder nach oben, so weit, dass er das Gerüst gerade im Blick hatte. Die Brücke lag verlassen da. Die Zeit verging. Nichts geschah. Vielleicht hatte der Erpresser mitbekommen, dass Baumer noch da war. Plötzlich tauchte wie aus dem Nichts ein Schatten am Gerüst auf. Baumer rannte los.

„Was soll…“

Ein Güterzug verschluckte den Rest. Baumer musterte den Fremden. Yvonnes Partner, ihr Ex-Partner. Unauffällige Erscheinung, eher untersetzt, höchstens einsfünfundsechzig, dunkler Trenchcoat. Der tief ins Gesicht gezogene Hut verlieh ihm eine Spur von Extravaganz.

„Sind Sie von allen guten Geistern verlassen? Haben Sie unsere Absprache vergessen?“

Baumer deutete auf den Umschlag mit den Fotos, den der Erpresser in der Hand hielt.

„Zählen Sie nach.“

Während der Trenchcoat ungeschickt am Kuvert herumfingerte, zog Baumer seine Kamera aus der Tasche. Er legte an und drückte auf den Auslöser. Der Blitz ließ den Trenchcoat aufblicken. Baumer drückte ein zweites Mal ab, brachte sich in eine andere Position. Starfotograf und sein Modell.

„Lächeln, den Kopf etwas neigen, und noch eins fürs Erinnerungsalbum.“

Der Trenchcoat verzog das Gesicht, schnellte nach vorne, grapschte nach der Kamera. Baumer riss das Knie hoch. Volltreffer! Der Trenchcoat stöhnte auf und fiel nach vorne.

„Vorsicht, mein Junge, du kennst den alten Baumer noch nicht.“

Der Trenchcoat vor ihm auf den Knien, sich windend. Was für ein Motiv! Was für ein Gefühl! Yvonnes Ex-Partner rappelte sich hoch, klammerte sich an das Geländer, zauberte urplötzlich einen Revolver in seine Hand. Die Sicherung klickte. Baumer sah in den Lauf der Waffe, unfähig, klar zu denken.

„Her mit der Kamera!“

Baumer rührte sich nicht, starrte in den Lauf des Revolvers. Marianne. Die Kinder. Yvonne lachend in der Kneipe, auf dem Bett, im Wäschekorb, halb mit Erde zugeworfen. Yvonne.

„Her damit, hab ich gesagt!"

Baumer hielt die Kamera hoch.

„Auf den Boden legen!"

Baumer ging auf die Knie. Der Trenchcoat grinste.

„Nicht Sie, die Kamera auf den Boden, mit dem Fuß rüberschieben!"

Während der Trenchcoat sich bückte, ließ er Baumer keine Sekunde aus den Augen. Er griff nach der Kamera, entnahm in Windeseile die Speicherkarte und steckte sie ein. Dann warf er die Kamera über das Geländer.

„Aber die ...", stotterte Baumer und verstummte, als er in den Lauf des Revolvers sah.

Das Geräusch beim Auftreffen des Kameragehäuses auf das Metall der Schienen hatte etwas Endgültiges an sich. Der Trenchcoat hielt die Bilder von Yvonne in der Hand. Er zeigte keinerlei Gefühlsregung.

„Schauen Sie sich die Bilder genau an", stieß Baumer heraus. „Yvonne ist tot!"

Der hysterische Schlenker in Baumers Stimme. Der Trenchcoat schob die Fotos in die Tasche. Der Revolver blieb auf Baumer gerichtet.

„Sie hören von mir", sagte der Trenchcoat mit unbewegter Stimme.

Halbwegs geordneter Rückzug, also nicht zum Fahrrad stürzen, langsam, Schritt für Schritt, in den Knien federn, die Arme locker abspreizen. Als Baumer nach der letzten Laterne von der Dunkelheit verschluckt wurde, schaute er sich nach dem Trenchcoat um. Die Brücke lag menschenleer im Neonlicht. Baumer rannte los, nahm immer zwei Stufen auf einmal. Wie schön wäre es, wenn er jetzt die Autotür aufreißen, sich auf den Sitz werfen, den Motor aufheulen lassen könnte.

Baumer wollte sich sein Fahrrad schnappen, griff aber ins Leere. Der Platz am Geländer unten war leer. Das hatte gerade noch gefehlt.

14

Baumer betrat das Collini-Center durch den Galerie-Eingang. Mariannes Fahrrad stand auf der gegenüberliegenden Seite am Neckarufer und war doppelt abgeschlossen. Für den Fußweg nach Hause hatte er über eine Stunde gebraucht und war weit nach Mitternacht auf die Couch im Wohnzimmer gefallen. Den Diebstahl hatte er nicht der Polizei gemeldet, ihn unter der Rubrik unvermeidliche Ausgaben zu den Akten gelegt.

Yvonnes Leiche war am Dienstag gegen Abend entdeckt worden. Die Polizei schloss ein Sexualdelikt nicht aus, tappte aber ansonsten im Dunkeln. Zumindest wurde in der Zeitungsnotiz dieser Eindruck erweckt. Eine Identifizierung war angeblich noch nicht möglich gewesen. Nach Baumers Anruf bei seinem Chef und seiner Krankmeldung hatte Langenbrunn anfangs nur mühsam seine Wut unterdrückt, aber Baumer musste so erbärmlich geklungen haben, dass sein Chef ihm sogar gute Besserung gewünscht hatte. Baumer wollte am nächsten Morgen wieder zur Arbeit zu erscheinen. Ganz sicher.

Sofort nach dem Frühstück, eine Tasse Kaffee, schwarz, hatte Baumer sich auf das Fahrrad geschwungen und war losgefahren, in der Tasche Yvonnes Wohnungsschlüssel. Vielleicht konnte er irgendwelche Hinweise oder Unterlagen in ihrer Wohnung finden, die ihn weiterbrachten. Was das sein sollte, wusste er nicht. Nur eines war ihm klar: Wenn er die Wohnung ungestört unter die Lupe nehmen wollte, musste er schnell handeln. War erst die Polizei über Yvonnes Identität informiert, konnte er eine Durchsuchung der Wohnung vergessen. Es bestand natürlich das Risiko, dass die Polizei in dem Mordfall schon weitergekommen war, als nach außen hin verlautet war. Baumer in Yvonnes Wohnung, und die Polizei kreuzt auf. Nicht auszudenken! Aber seine Neugier war stärker. Wer hatte Yvonne auf dem Gewissen?

Die Bäckereifiliale mit dem Stehcafé war verschwunden. Baumer hatte sich so auf ein Croissant mit Butter gefreut, noch warm aus dem Ofen, eine große Tasse Milchkaffee dazu. Er verspürte Hunger, sein Magen war leer. Im Laden auf der rechten Seite lagen Kabelrollen, Bohrmaschinen, eine Handkreissäge, Leitern, Schraubenzieher auf dem Boden.

„Eröffnung demnächst!"

Lichter brannten in dem Raum, kein einziger Arbeiter war zu sehen. Baumer ging zur Rolltreppe, die ins Untergeschoss führte. Der farbenfrohe Wegweiser, Zeitschriften und Tabakwaren, Chinarestaurant, Bräunungsstudio, Kindergarten. Unten im Ruhebereich plätscherten die Springbrunnen vor sich hin, die unzähligen Topfpflanzen waren geschickt arrangiert. Die Sitzbänke, die riesige Lampe mit den weit ausladenden, schwingenden Armen, den kugelrunden Leuchten. Eine Birne flackerte unaufhörlich. Hoffentlich gab sie bald ihren Geist auf. Hier hatte sich nichts verändert. Es war schon viele Jahre her, dass Baumer ab und zu hier unten hereingeschaut hatte. Eine Zeitlang waren Marianne und er sogar Mitglied beim Cinema Quadrat, dem alternativen, kommunalen Kino gewesen, das seine Räume hier hatte. Irgend etwas verunsicherte Baumer heute Morgen. War es die Anspannung, die Aufregung? Schließlich plante er ja eine gesetzeswidrige Tat, wollte in die Wohnung eines Mordopfers eindringen. Die Pflanzen sahen täuschend echt aus, waren aber einbetoniert. Er unterdrückte den Wunsch, sie anzupacken. Der Mann in der orangefarbenen Straßenkehrermontur musterte ihn bereits. Natürlich waren die Pflanzen aus Plastik. Das ganze Untergeschoss war wie ausgestorben. Das war es, was ihn so durcheinanderbrachte. Der Mann von der Reinigungsfirma und Baumer, die einzigen Menschen hier unten. Sonst keine Menschenseele weit und breit.

Rechter Hand lagen das Stadtplanungsamt im 5. Obergeschoss, das Hochbauamt im 8. OG, das Amt für Baurecht und Umweltschutz im 3. OG und noch eine ganze Reihe weiterer technischer Ämter der Stadt. Auf der anderen Seite, da wollte Baumer hin, erstreckte sich das Collini-Wohnhochhaus.

„Zutritt nur für Bewohner und deren Besucher!", stand auf der Hinweistafel am Eingang. Ein Klingelschild neben dem anderen, Klingelknöpfe aufgereiht in Reih und Glied. Weit über dreihundert Wohneinheiten, überschlug Baumer im Kopf.

„Vertreterbesuche nur nach persönlicher Vereinbarung mit einem Hausbewohner!"

Auf Yvonnes Schlüssel stand eine Nummer, 18.20, die Appartmentnummer. Als Baumer sich über die Anordnung der Wohnungen im Klaren war, entdeckte er Yvonnes Namen auf Anhieb. Die Tür ging auf, ein junger Mann in Hausschuhen verließ den Eingangsbereich und kam nach einer Minute mit einer unter den Arm geklemmten Zeitung zurück. Er blieb im Vorraum kurz bei einem älteren Mann in grauer Kutte stehen. Das musste einer der Hausmeister sein.

„Aus Sicherheitsgründen kann in den Nachtstunden der Türöffner von den Wohnungen aus nicht betätigt werden. Der Wohnungseigentümer muss seinen Besucher am Eingang abholen. Wir bitten um Ihr Verständnis."

Yvonne würde keinen Besucher mehr abholen. Baumer wollte möglichst ungestört den Wohnbereich betreten. Also beschloss er, um Zeit zu gewinnen, noch eine Runde zu drehen. Dann war der Hausmeister hoffentlich verschwunden. Als er der Reinigungskraft begegnete, verharrte der Mann mitten in der Bewegung, die Hand am Deckel seiner fahrbaren Mülltonne. Baumers freundliches „Guten Tag" erlöste ihn aus der Erstarrung, er schlug die Augen nieder, wollte ein Taschentuch geschäftig in die Mülltonne werfen, traf nicht, benötigte einen zweiten Versuch und schob seinen Karren schnell weiter. Der Hausmeister stand noch immer im Vorraum, nickte gerade einem Mädchen zu, das rechts und links von ihrem Schulranzen überragt wurde. Die Begegnung mit dem Saubermann eben hatte Baumer sicherer gemacht, was sollte er sich hier herumdrücken? Warum steckte er den Schlüssel nicht ins Schloss, drückte die Tür einfach auf, grüßte den Hausmeister, schlenderte zum Fahrstuhl, drückte auf den Knopf? Wo war denn das Problem?

Der Mann in dem grauen Kittel zeigte keinerlei Regung, als er Baumers Gruß erwiderte. Na also! Nur die Zeit, bis der Fahrstuhl ankam, erschien Baumer lang. Er glaubte, Blicke im Rücken zu spüren, wartete darauf, eine Stimme zu hören. Endlich kam der Fahrstuhl. Die Tür schloss sich, und Baumer sah, dass der Hausmeister sich angeregt mit einer Dame mit hochtoupiertem Haar unterhielt. Der Fahrstuhl glitt lautlos nach oben.

15

Der Detektiv zieht die Scheckkarte aus der Gesäßtasche, fährt am Türrahmen entlang, ein dezentes Knacken, die Tür springt auf. Da konnte Baumer nicht mithalten, aber dafür hatte er den Schlüssel. Die Tür war nicht versiegelt. Was war, wenn Yvonne das Appartement nicht allein bewohnt hatte? Wenn sie mit einer Freundin oder einem Freund zusammenlebte? Daran hatte Baumer nicht gedacht. Was war, wenn die Wohnung im Moment nicht leer war? Er hörte auf der Treppe das helle Klappern von Stöckelschuhen. An Yvonnes Wohnungstür wollte er auf keinen Fall gesehen werden. Zum Fahrstuhl war es zu spät. Das Klacken kam näher. Baumer ließ es darauf ankommen und huschte in die Wohnung. Er drückte die Tür leise zu und lehnte sich dagegen. Die Stöckelschuhe hielten vor der Wohnung gegenüber, Schlüssel klimperten, noch eine Tür, die ins Schloss fiel. Baumer bewegte sich nicht. Kein Laut war zu hören. Nur sein Herz schlug bis zum Hals. Gedämpftes Licht. Im Flur gab es kein Fenster, drei Türen, zwei geschlossen, eine angelehnt. Baumer beugte sich etwas vor, sah einen weißen Schrank, ein Stück Backofen, die Küche. Die Jalousie musste halb heruntergelassen sein. Der Flur war winzig. Ein runder Teppich, ein Meter im Durchmesser. Ein schwarzer Kleiderständer, der unter einer Flut von Jacken und Mänteln verschwand und sich gefährlich nach rechts neigte. Umkippen konnte er nicht, dazu war es zu eng. Eine Kommode. Aus der obersten Schublade schaute ein rotschwarzes Seidentuch heraus. Und Schuhe, wahllos auf dem Boden liegend. Unzählige Schuhe. Ein ovaler Spiegel, schwarz gerahmt. An der gegenüberliegenden Wand eine große Grafik, Alurahmen, zerklüftete Landschaft, ganz in Blau, zwei Hände, die sich zum Himmel recken, ein Vogel, der aufflattert.

Baumer schlich in die Küche, drückte die Tür auf, ein böses Quietschen, er erstarrte in der Bewegung, seine Nerven gespannt. Die Kücheneinrichtung war auf dem neuesten Stand, alles in Weiß, selbst die Spüle. Kein dreckiges Geschirr. Auf dem Tisch ein kleines gehäkeltes Deckchen, eine Blumenvase, eine einzelne rote Rose, die schon einige Blütenblätter verloren hatte. Die Fliesen und das Keramikkochfeld glänzten, überall herrschte eine peinliche Sauberkeit, ganz im Gegensatz zum Schuhchaos im Flur. Baumer trat aus der Küche, jetzt schon mutiger. Eine Tür war schmaler, hatte unten Luftschlitze, Toilette und Bad bestimmt. Er drückte vorsichtig die Klinke. Ein fensterloser, kleiner Raum. Er schaltete das Licht ein, ein Brummen setzte ein, Dusche, Sitzbad, Toilette, Waschbecken, Spiegelschränkchen, mittelblau, genauso die Fliesen, gehobene Sanitärausstattung. Vor der Dusche lag ein Wäscheberg, in das Sitzbad hatte sich ein Slip verirrt. Schminkutensilien standen auf der Ablage unter dem Spiegelschrank. Die Stille bedrückte Baumer, sie hatte etwas Endgültiges, Abgeschlossenes an sich, fern jeder Realität. Da unten rollten Autoschlangen durch die Collinistraße. Auf dem Neckar tutete in diesem Moment ein Frachtschiff. An der Ampel keifte vielleicht ein Mann einen Jungen an, der bei Rot über die Straße gerannt war. Die Straßenbahn hielt, Menschen stiegen ein und aus. Leben überall, Töne, Schreie, Gekeuche. Hier oben Stille. Endgültige, absolute Stille.

Baumers Hand ruhte auf dem Griff der Tür. Er drückte nach unten, schob die Tür zentimeterweise auf, Licht fiel in den Flur, eine Helle, die ihn die Augen zusammenkneifen ließ. Er stieß die Tür mit einem Ruck auf, trat entschlossen ein. Ein riesiges Fenster, fast über die ganze Wand, eine Tür auf einen Balkon, kein Vorhang, die Jalousien oben, ein herrlicher Blick auf die Innenstadt, das

Nationaltheater, die Konkordienkirche. Vor der Fensterfront ein langes Sofa, dunkelgrün, bestimmt zum Ausklappen, denn im Zimmer befand sich sonst kein Bett, ein kleiner Wohnzimmertisch, ein Ledersessel, ein Bücherregal, vollgestellt mit Büchern, über Eck ein Sekretär, dessen Klappe heruntergelassen war. Das Zimmer war groß, im Vergleich zum winzigen Flur wirkte es fast wie ein Salon. Auf dem Tisch lagen ein Brigitte-Heft und eine alte ‚Spiegel'-Ausgabe. Vor dem Bücherregal lagen einige CDs. Baumers Blick fiel auf die Stereoanlage. Ein grünes Lämpchen leuchtete auf. Yvonne musste vergessen haben, die Anlage auszuschalten. Er drückte auf den Auswurf des CD-Spielers, Tom Waits, „Real Gone", Baumer kannte die CD. Es gab Zeiten, da konnte er die schrägen Songs stundenlang hören. Das musste die letzte CD sein, die Yvonne gehört hatte. Das Zimmer war aufgeräumt, ein wenig Unordnung, fast gewollt, auf jeden Fall gemütlich. Und der Wahnsinnsblick aus dem Fenster.

Das Telefon klingelte. Baumer zuckte so zusammen, dass er vor lauter Schrecken zwei Schritte in Richtung Telefon machte und den Arm ausstreckte. Abheben? War er denn von allen guten Geistern verlassen? Er ließ sich auf das Sofa plumpsen. Das Klingeln hörte nicht auf. Wer konnte das sein? Wenn es die Polizei war? Er wurde unruhig. Was suchte er überhaupt hier? Was um alles in der Welt hatte er hier verloren? Warum begab er sich in diese Gefahr? Er hatte eine tote Frau in seinem Ehebett gefunden. Er war nicht zur Polizei gegangen. Er hatte die Leiche verschwinden lassen, mehr oder weniger dilettantisch. Noch immer das Klingeln. Dann dieser Versuch einer Erpressung. Daran musste Yvonne beteiligt gewesen sein. Anders ergab es keinen Sinn. Obwohl gerade dieser Punkt verwirrend genug war. Endlich Ruhe! Was hoffte er in Yvonnes Wohnung zu finden? Yvonne und ihr Komplize, die Erpressertour. Glaubte er Hinweise auf Yvonnes Mörder zu entdecken? Ein innerer Zwang hatte Baumer dazu getrieben, sich heute Morgen krank zu melden, in dieses Appartement einzudringen. Und jetzt saß er hier auf dem Sofa und wusste nicht weiter.

Wo würde er etwas verstecken? Im letzten Freitagskrimi, die belastenden Dokumente klebten mit Tesafilm unter der Schreibtischschublade. Lächerlich. Baumer stand auf, schlenderte zum Sekretär, zögerte, zog mit einem Ruck die Schublade heraus, hob sie hoch. Nichts war an der Unterseite festgeklebt. Er schob die Schublade in die Führung zurück und ließ sich wieder auf das Sofa fallen. Fingerabdrücke! Wie konnte er nur so unvorsichtig sein. Er ging in die Küche, griff nach einem Geschirrtuch und wischte die Schublade vorsichtig ab. Die Türklinken! Im Bad, wo hatte er da überall herumgefingert? Es klingelte wieder. Diesmal war es nicht das Telefon. Baumer schlich auf Zehenspitzen in den Flur, merkte erst jetzt, dass er schon die ganze Zeit den Atem anhielt. Noch ein Klingeln, länger, fordernder. Die Polizei, natürlich, es musste die Polizei sein! Gleich würden sie die Tür aufbrechen. Und Baumer in der Wohnung eines Mordopfers finden!

„Yvonne, mach doch auf!"

Wieder klopfte es an der Tür. Nein, nicht die Polizei. Der Mörder? Blödsinn, der würde nicht gerade an Yvonnes Wohnungstür klopfen. Wahrscheinlich irgendein frustrierter Freier. Baumer schlich zur Wohnungstür, schaute durch den Spion. Yvonnes Verehrer war verschwunden.

Er ging ins Wohnzimmer zurück, schob die Klappe des Sekretärs mit dem Geschirrtuch nach oben. Nach was sollte er suchen? Mitten auf der Schreibplatte stand ein zusammengeklappter Laptop. Baumer schaltete den Rechner ein. Dahinter lagen ein Kugelschreiber, Kontoauszüge, eine unbezahlte Rechnung, ein Terminkalender und ein Telefonbüchlein. Er blätterte es hastig durch, viele Namen, oft nur Initialen. Baumer steckte Terminkalender und Telefonbuch ein. Ganz am Rand der Schreibfläche lag eine Plastikhülle, durchsichtig, mit einer Fotokopie in schlechter Qualität. Der Rechner war noch nicht hochgefahren und Baumer schaute sich das Blatt genauer an. Ein Förderantrag, mit dem die BABAG-Fördermittel für das Gelände der Firma Schwarz & Guttmann im Süden Mannheims beantragt wurden, so schien es. Die Firma war vor einigen Jahren Pleite gegangen. Das Gelände musste das brachliegende Industriegelände sein, von dem im Zeitungsartikel die Rede gewesen war. Baumers Blick fiel auf das Datum, 14. September stand auf der Kopie. BABAG, Grundstückskauf, Förderantrag. Worum ging es hier? Was hatte dieses Dokument in Yvonnes Wohnung zu suchen? Sicherlich hätte Baumer die Fotokopie achtlos beiseite gelegt, wäre da nicht gestern dieser Bericht in der Zeitung gewesen.

Zufälle bei der Grundstücksvergabe, Tauschgeschäfte, Grundstückskarussell und immer wieder die BABAG, die Badische Baugesellschaft. Woher hatte Yvonne diese vertrauliche Mitteilung? Warum hatte sie diese Unterlagen aufbewahrt? Wie um alles in der Welt war sie überhaupt an die Kopie gekommen?

Die Durchsicht der Computerordner brachte Baumer keine neuen Erkenntnisse, aber er wusste ja auch nicht, nach was er gezielt suchen sollte. Da er nicht weiterkam, startete er auf gut Glück das E-Mail-Programm. Er überflog die Betreffzeilen und die Absender. Auffallend viele Mails waren von G.Griese@web.de gekommen. Griese und Yvonne hatten einen regen elektronischen Schriftverkehr geführt. In den meisten Schreiben wurden Belanglosigkeiten ausgetauscht oder Termine ausgemacht. Ziemlich bald blieb Baumer an zwei anderen Mails hängen, aus deren Betreff-Zeile er erkannte, dass sie weitergeleitet worden waren.

*[**Fwd:** Foerderantrag]*
***Von:** Dr.Gigi@web.de*
***Datum:** 27. April*
***An:** Yvonne Dolling <Yvonne.Dolling@gmx.de*

Die Weiterleitung war kommentarlos erfolgt. Weiter las Baumer:

***Betreff:** Foerderantrag*
***Von:** Dr.Gigi@web.de*
***Datum:** 17. Dezember*
***An:** Dr.Andy@hotmail.de*

hallo, a. a.!
wie geht`s, alter junge? was geht ab in s.? müssen mal wieder auf tour. unbedingt! hab leider zu wenig zeit... die geschäfte...
wichtig! auf keinen fall vergessen! bitte minister und gegebenenfalls regierungschef am mi an babag-darlehen erinnern. förderprogramm des landes!!! minister weiß bescheid. zusätzliche unterstützung notwendig!
g. g.

Dr. Gigi, g. g.? War damit vielleicht Gerhard Griese, der Chef des Amtes für Grundstückswesen, gemeint? In dem Artikel im Rhein-Neckar-Anzeiger war sein Name erwähnt worden. Baumer musste sich unbedingt Yvonnes Telefonbüchlein näher anschauen. Bisher hatte er die diversen Telefonnummern nur flüchtig überblättert. Vielleicht tauchte da die Nummer des Herrn Griese auf. Das wäre natürlich ein Hammer! Und Baumer hätte, quasi auf dem Tablett, den Mordverdächtigen Nummer eins.

Die zweite weitergeleitete E-Mail schien eine Antwort an Dr. Gigi zu sein.

*[**Fwd:** AW: Foerderantrag]*
***Von:** Dr.Gigi@web.de*
***Datum:** 27. April*
***An:** Yvonne Dolling <Yvonne.Dolling@gmx.de*

***Betreff:** AW: Foerderanträge*
***Von:** Dr.Andy@hotmail.de*
***Datum:** 18. Dezember*
***An:** Dr.Gigi@web.de*

hallo, g. g.!
mit neuem babag-antrag vom dezember läuft's so nicht. minister sind hände gebunden, landestöpfe leer geräumt, haben stapelweise anträge in der warteschleife, nichts zu machen. aber du wirst schon eine lösung finden, meint minister. recht hat er! setz deine kreativität ein! so wie in der vergangenheit!
gruesse
a. a.
wann lässt du dich mal wieder in s. blicken? hab` neue adressen...

Baumer suchte nach einem Drucker. Er fand ihn unter dem Sekretär, schaltete ihn ein und ließ sich die beiden Mails ausdrucken. Er verstand vorerst nur Bahnhof. Wer versteckte sich hinter den E-Mail-Adressen? Wer war a. a., wer g. g.? Hatte Griese diese E-Mail an Yvonne weitergeleitet? Wenn ja, warum? Aber warum sollte er?

Oder hatte Yvonne sich selbst die Mail geschickt? Griese stattet ihr seinen Besuch ab, bringt seine Unterlagen und seinen Laptop mit. Vielleicht hatte sie in einem unbeobachteten Augenblick seine Sachen durchsucht. Yvonne konnte Baumer nicht mehr fragen. Und Griese würde ihm wohl keine Antwort auf seine Fragen geben.

Antrag der BABAG vom Dezember. Dezember? Er schaute auf der Kopie nach. Das Datum! Natürlich! Griese! Was hatte der hier gedreht? Baumer hatte den spontanen Einfall, einfach Griese anzurufen und auf den Putz zu klopfen. Er könnte schöne Grüße von Yvonne ausrichten und gespannt darauf sein, wie Griese reagieren würde. Er zog das Telefonbüchlein aus der Jackentasche, G wie Griese, das musste er sein, Gerhard G., das Telefon stand neben der Couch auf dem Boden. Baumer tippte die Nummer ein. Eine Frauenstimme meldete sich.

„Sie wünschen?"

„Ich hätte gern Ihren Mann gesprochen."

„Der ist im Amt. Am besten Sie rufen ihn dort an."

Baumer wälzte das Telefonbuch, suchte nach der Nummer des Amtes für Grundstückswesen, als ihm wieder einfiel, wo er sich befand. Jeden Moment konnte die Polizei vor der Tür stehen oder irgendein Freier oder gar Yvonnes Mörder, und er, Hermann Baumer, führte hier seelenruhig Telefongespräche. Er schob die Unterlagen in die Plastikhülle zurück, steckte sie in seine Jackentasche. Er musterte das Wohnzimmer. Es sah so aus, wie er es vorgefunden hatte. Halt, den Drucker musste er noch ausschalten, den Laptop herunterfahren, alle Fingerabdrücke abwischen, dann die Klappe des Sekretärs schließen, mit dem Handtuch darüber wischen, das Telefon nicht vergessen, das Licht im Bad ausknipsen, das Geschirrtuch zurück an den Haken in der Küche hängen. Tief durchatmen. Hoffentlich war draußen keine dicke

Luft. Baumer schaute durch den Spion. Vorsichtig öffnete er die Tür und wäre beinahe auf einen Blumenstrauß auf dem Vorleger getreten. Der musste von dem Dauerklingler von vorhin sein. Mit dem Fuß zog er die Tür zu und schloss ab. Hoffentlich kam der Aufzug bald. Hoffentlich war er leer.

IV

Geplänkel

16

„Es gibt da ein Programm des Landes zur Wohnraumförderung. Und um so ein Darlehen zu bekommen, müssen einige Voraussetzungen erfüllt sein."

Kunzmann legte eine Pause ein, lehnte sich zurück und schaute auf die Uhr.

„Langsam könnte der mal den Espresso bringen. Um viertel vor drei hab ich den nächsten Termin."

„Und was für Voraussetzungen sind das?", hakte Baumer nach.

„Wenn du ein Grundstück erwerben willst, darf der Kaufvertrag bei Stellung des Förderantrages auf keinen Fall unterzeichnet sein."

„Aber diese Voraussetzungen werden doch allgemein bekannt sein", gab Baumer sich nicht zufrieden.

„Klar, die kennt jeder."

„Dann dürfte es doch keine Probleme geben."

Baumer konnte mit Kunzmanns Ausführungen noch nichts anfangen.

„So einfach, Hermann, ist das auch wieder nicht. Es kann schon mal vorkommen, dass diese Fördergelder vor allem gegen Jahresende zur Neige gehen. Und dann gilt das Prinzip, wer zuerst kommt, mahlt zuerst."

Bei Baumer klickte es. Das könnte eine Erklärung sein! Griese hatte, wenn er g. g. oder Dr. Gigi war, nachdem er von a. a. oder auch „Dr. Andy" den Tipp bekommen hatte, den Förderantrag der BABAG vom Dezember auf den 14. September rückdatiert. Dr. Andy, a. a. Wahrscheinlich ein persönlicher Referent des Ministers, vielleicht sogar ein Staatssekretär. Auf jeden Fall hatte er Einfluss, dieser Dr. Andy. Und Griese hatte einen guten Draht zu ihm, sie waren quasi Kumpels, die zusammen auf Tour gingen. Der Förderantrag und die beiden Mails, die waren das reinste Dynamit! Und das in Yvonnes Händen!

Mist für den lieben Griese. Gemolken hatte Yvonne ihn, bestimmt. Und dem war das alles über den Kopf gewachsen.

„Und da kann man nichts drehen?“, fragte Baumer. „Ich meine, wenn einer zu spät dran ist mit seinem Antrag.“

„Worauf willst du hinaus? Offiziell geht da nichts. Aber wenn alle Seiten mitspielen, die zuständigen Stellen bei der Stadt und die Leute beim Land, die die Entscheidungen treffen. Aber, was erzähle ich dir da. Ich werde dir doch keine Anleitung zum Subventionsbetrug geben.“

Baumer winkte ab.

„Ich bitte dich, reine Neugierde!“

Der Kellner stellte den Espresso auf den Tisch.

„Und dann bitte die Rechnung.“

„Nein, nein, das geht auf mich, schließlich habe ich dich beim Essen traktiert.“

Kunzmann zierte sich erst ein wenig, gab dann aber nach.

„Das mit dem Förderantrag, das habe ich kapiert, aber auf was muss man noch achten?“, hakte Baumer nach.

„Also, weiter im Text! Zweite Voraussetzung für die Subventionen: Auf den durch das Wohnungsbauprogramm des Landes finanzierten Grundstücken muss mindestens ein Drittel des Wohnraums für Mietwohnungen vorgesehen sein.“

Das war für Baumer weniger interessant.

„Aber warum um alles in der Welt interessiert dich das? Will Langenbrunn, der alte Geizhals, seine technischen Zeichner jetzt auch in juristischen Dingen fit machen, damit ich arbeitslos werde?“

Kunzmann schlürfte den Espresso aus.

„Nein, nein“, lachte Baumer gekünstelt heraus, „mit Langenbrunn hat das nichts zu tun, persönliches Interesse.“

Was sollte er ihm antworten? Da rief er ihn in seiner

Rechtsanwaltspraxis an, tat wichtig, wollte ihn dringend sprechen, in einer Stunde im Neckartal in Feudenheim. Und dann brachte Kunzmann ihn mit so einer läppischen Bemerkung aus der Fassung.

„Rein privates Interesse, gute Bekannte, die hat mich nach Möglichkeiten gefragt, um an Fördergelder zu kommen. Ich wollte mich nur ein wenig informieren. Natürlich gebe ich der deine Telefonnummer."

Kunzmann schien zufrieden mit Baumers Gestottere.

„Keine Lust mehr auf eine Runde Squash?", versuchte Baumer das Thema zu wechseln. Er hatte erfahren, was er wollte.

„Keine Zeit, und viel zu hektisch das Spiel, zumindest für mich."

Kunzmann tätschelte sich grinsend den Bauch.

Kunzmann, aufstrebender Anwalt, Schwerpunkt Baurecht, früher ab und zu mal für Langenbrunn tätig, dort hatte Baumer ihn auch kennengelernt, Kunzmann hatte ihn zum Squash gebracht. In der letzten Zeit verbrachte der Anwalt anscheinend mehr Zeit in Feinschmeckerlokalen und spezialisierte sich auf Scheidungsprozesse betuchter Herrschaften. Da war das Aktenstudium weniger zeitintensiv und es ließ sich mehr herausschlagen. Kunzmann stand auf, nachdem er vorher auf die Uhr gesehen hatte, griff sich an den Kopf und streckte Baumer die Hand entgegen.

„Tut mir furchtbar leid, fast hätte ich meinen nächsten Termin verschwitzt, war schön, mal wieder mit dir geplaudert zu haben. Und vielen Dank für die Einladung."

Weg war er. Der Kellner brachte die Rechnung. An der Tür des Neckartals blieb Kunzmann stehen und rief Baumer durch den ganzen Raum zu: „Meine Nummer gibst du weiter, ja?"

Jetzt war er endgültig abgetreten. Und Baumer saß mit der Rechnung und einem ganz heißen Mordverdächtigen am Tisch und starrte auf den bräunlichen Flecken vor sich auf der Decke.

17

Fahrstühle und Telefone. In den letzten Tagen war ihre Bedeutung gewachsen. Erst der Fahrstuhl im Wohnturm, in dem Yvonne gelebt hatte. Jetzt der Fahrstuhl hoch zum Fernmeldeturm. Das ständige Klingeln des Telefons. Die Erpresseranrufe, die vielen Spurts zum Telefon, mehr als einmal war Baumer zu spät gekommen.

Nach dem Essen mit Kunzmann, die Rechnung hielt sich im Rahmen, hatte er noch etwas Zeit gehabt und war nach Hause gefahren. Schon als er den Schlüssel ins Schloss steckte, na, was wohl?

„Das ist ja ein Wunder, dass ich dich mal erwische. Sag mal, wo treibst du dich rum? Bei Langenbrunn habe ich schon angerufen."

Marianne! Baumer atmete auf. So schlimm konnte es also nicht werden.

„Ihr Mann ist leider erkrankt. Sein Grinsen konnte ich mir lebhaft vorstellen. Und dann rufe ich zu Hause an, Funkstille. Mein kranker Mann ist nicht da."

Baumer entschied sich für Apotheke.

„Das hat aber lange gedauert", giftete Marianne. „Mehr als eine Stunde lang habe ich versucht, dich zu erreichen."

„Ich habe unterwegs einen Schwächeanfall bekommen."

Marianne ließ ihren Mann nicht ausreden.

„Was hast du denn überhaupt, dass du so sterbenskrank bist?"

„Kreislauf", sagte er nur. Marianne schien es zu genügen. Sie kam auf das Wesentliche.

„Eigentlich wollten wir ja morgen zurückkommen."

Morgen? Was für ein Tag war heute? Baumer musste nachdenken. Am Sonntagabend die fatale Tour durch diverse Kneipen. Am Montag Yvonne tot im Ehebett. Dienstag die Aktion an der Fußgängerbrücke. Mittwoch, heute war Mittwoch. Er erschrak, morgen war Donnerstag.

„Jetzt bleibt Gertrud mit ihren Kleinen noch ein paar Tage hier, und Beate hat sich extra Urlaub genommen. Sie wollen alle, dass ich noch bleibe."

„Natürlich, mach das."

Mariannes Schwestern hätte Baumer, wären sie greifbar gewesen, einen dicken Kuss auf die Backe gedrückt.

„Und wann willst du kommen?", fragte er vorsichtig.

„Am Sonntag oder am Montag, habe ich mir gedacht."

„Lass dir Zeit, wo du deine Eltern und deine Schwestern so selten siehst. Ich komm schon ganz gut ohne euch zurecht."

„Das hört sich ja an."

„Nein, nein, Marianne, so war das nicht gemeint, natürlich vermisse ich euch. Ich freue mich wahnsinnig auf dich und die Kinder, aber ich weiß doch, wie sehr du an deiner Familie hängst. Grüß mir Eva und Alexander. Und alle anderen auch."

Baumer machte einen Freudensprung. Die nächsten Tage hatte er Ruhe! Nachträglich noch lief es ihm kalt über den Rücken. Am Donnerstag hatte Marianne schon zurückkommen wollen! Und er steckte mitten in dieser üblen Geschichte, die neben allem Entsetzen und Schrecken langsam einen gewissen Reiz auf ihn auszuüben begann. Am Montagabend die totale Lähmung, Baumer kopflos, ein Spielball. Heute sah die ganze Sache schon anders aus. Heute hielt er einige Trümpfe in der Hand. Die Unterlagen aus Yvonnes Wohnung befanden sich in seinen Händen! Der Zeitungsartikel war nur die Spitze eines Eisberges. Und Baumer, der kleine technische Zeichner, wusste Bescheid über Hintergründe, über Interna hinter den Kulissen. Amt für Grundstückswesen, BABAG, GENÜ, hier ging es um mehr, Betrug im großen Stil, Korruption nicht nur auf der untersten Ebene. Ganz einfach war es gewesen, Griese hatte am Telefon einen verunsicherten Eindruck gemacht. Hatte seine Stimme nicht gezittert? Yvonnes Kumpan, bei Baumer hatte er absahnen wollen! Aber Baumer selbst hatte gerade am Telefon 3000 Euro von Griese verlangt. Griese hatte eingewilligt, zumindest hatte es sich am Telefon so angehört. Wenn alles glatt ging, würde Baumer in kurzer Zeit das Geld in Händen halten. Alles kam ihm wie ein Kinderspiel vor. Und wenn es schief ging? Wenn Griese die Polizei benachrichtigt hatte? Erpressung, Vertuschung eines Mordes, Mordverdacht! Baumer griff sich an den Kopf, ihm wurde es schwindlig. Auf was ließ er sich da ein? Stand schon wieder so eine Karussellfahrt bevor, dieses Mal jedoch nicht von zu reichlichem Alkoholgenuss hervorgerufen? Eine Karussellfahrt in ganz nüchternem Zustand? Griese und die Polizei? Der steckte doch bis zum Hals im Schlamassel. Der würde doch nicht die Polizei ins Spiel bringen. Grundstücksaffäre. Yvonnes Tod. Baumer beruhigte sich wieder. Und als er an das bevorstehende Treffen mit Griese dachte, spürte er ein Kribbeln. Bei aller Angst, er freute sich irgendwie auf dieses Treffen!

Der Fahrstuhlführer legte den Hebel vorsichtig um. Der Fahrstuhl bremste sachte ab. Baumer fuhren die Ohren zu. Ob Griese schon da war? Unten, vor dem Fernmeldeturm, in der Vorhalle am Fahrkartenautomaten war alles ruhig gewesen, außer Baumer hatte keine Menschenseele vor dem Fahrstuhl gewartet. Im Fahrstuhl war Baumer dann auch mit dem Fahrstuhlführer allein gewesen.

„Kleine Fototour?“, hatte der mit Blick auf seine Kamera gefragt. Baumer hatte genickt. Er hatte lange nach seiner alten Spiegelreflex gesucht und sie endlich auf dem Speicher in einem Karton entdeckt. Sogar ein Farbfilm mit abgelaufenem Haltbarkeitsdatum hatte in dem Karton gelegen. Die Fahrstuhltür glitt lautlos auf. Der Ausblick war bescheiden, bewölkter Himmel. Als Baumer sich umdrehte, war der Fahrstuhl verschwunden, auf dem Weg ganz nach oben zum „Skyline“, dem sich drehenden Restaurant. Die Aussichtsplattform war leer, Baumer war der einzige Besucher. Ideal. Trotzdem hatte er ein ungutes Gefühl. Irgendwie war der Fernmeldeturm eine Mausefalle. Zugänglich nur über den Aufzug. Wer den Aufzug kontrollierte, hatte alles im Griff. Vielleicht war der Treffpunkt aus der Sicht eines Erpressers doch nicht so gut gewählt.

Ein Spielzeugschiff fuhr auf dem Neckar. Ein umgedrehtes Ruderboot marschierte zum Bootssteg. Baumer drehte die Runde, beugte sich weit vor zur Panzerglasscheibe. Der Luisenpark lag verlassen da. Keine Völkerwanderung wie beim letzten Mal, als er mit seiner Frau und den Kindern hier oben gewesen war, vorigen Sommer, an einem Sonntag. Ameisenströme hatten sich durch die Parkwege geschoben, planlos, ohne jegliches System. Unten am Fahrstuhl hatte Familie Baumer sich in die endlose Reihe gestellt, die sich langsam zur Fahrstuhltür vorschob.

Heute war nichts los. Kein Wunder bei der Sicht, diesig, die Ferne verschwommen, kein Fotowetter. Trotzdem nahm Baumer den Objektivdeckel ab und tat, als ob er fotografiere. Der Hauptfriedhof bildete eine grüne Oase, umgeben von einem Meer von Häusern. Nicht einmal die markanten Wassertürme der nächsten Vororte waren zu erkennen. Der Neckarkanal zog sich als schnurgerades Band in Richtung Osten.

Die Fahrstuhltür glitt auf. Baumer unterdrückte seinen Wunsch, sich umzudrehen. Wenn es Griese war, sollte er nicht im ersten Moment auf ihn aufmerksam werden. Er wollte ihn eine Zeit lang schmoren lassen. Fremdartige Laute erklangen hinter ihm, das Durcheinander vieler Stimmen. Baumer drehte sich doch um. Unzählige Menschen ergossen sich aus dem Fahrstuhl. Baumer nahm sich vor, bei der Rückfahrt das Schild mit den technischen Daten, Transportobergrenze, Beförderungshöchstzahl, genau zu studieren. Eine Reisegruppe aus Japan verteilte sich auf der runden Plattform. Rufe der Begeisterung erklangen, das Klicken der Fotoapparate zerstörte die Ruhe. Baumer wurde von zwei Frauen eingekeilt. War das die sprichwörtliche asiatische Höflichkeit und Zurückhaltung? Er lächelte die beiden Frauen freundlich an. Eine Minute vor vier. Tolle Kulisse für sein zweites Erpressertreffen in zwei Tagen. Langsam bekam Baumer Routine.

18

Der Mann trat aus dem Fahrstuhl. In der Hand hielt er eine Aktentasche aus dunkelbraunem Leder. Eine junge Frau mit drei kleinen Kindern, eins noch im Buggy, schob sich an dem Mann vorbei, der direkt hinter der Fahrstuhltür innehielt und sich umschaute. Als er die vielen Menschen sah, machte er unwillkürlich einen Schritt rückwärts und stieß an die geschlossene Fahrstuhltür. Zögernd drehte er eine Runde auf der Plattform.

„Mami, ich seh ja gar nichts. Heb mich hoch!“, quengelte eines der Kinder. Die Mutter mit dem Buggy ignorierte es. Der Mann blieb unmittelbar beim Fahrstuhl stehen. Er las die Speisekarte des Drehrestaurants, unkonzentriert, schaute sich dabei um, wechselte die Aktentasche in die andere Hand, klemmte sie schließlich unter den Arm, lockerte seine Krawatte.

„Nadine, dräng dich nicht so vor!“

Die junge Mutter war sichtlich genervt.

Griese war also pünktlich gekommen. Baumer musste sich nicht einmal umdrehen, um Griese hinter sich zu sehen. In der Scheibe spiegelte er sich. Grieses Unruhe konnte Baumer förmlich riechen. Sieben nach vier. Baumer schlug den Trenchcoat hoch. Heute trug er Trenchcoat! Mit den Ellbogen verschaffte er sich Platz, murmelte Entschuldigung, drückte den Objektivdeckel auf das Objektiv, ließ die Kamera locker über die Schulter gleiten und blieb vor Griese stehen.

„Schön, dass Sie gekommen sind. Ich hoffe, Sie sind allein, wie wir es abgesprochen haben. Meine Auskünfte am Telefon waren Ihnen zu vage. Dann sehen Sie sich das mal an. Bleiben Sie ruhig! Denken Sie daran, wir sind nicht allein hier oben. Ich habe Unterlagen, und die kosten dreitausend. ‚Leitender Beamter der Korruption überführt.‘ Das wollen Sie doch nicht? Bestechlichkeit im Amt klingt nicht schön.“

Griese studierte die Unterlagen eingehend. Ging das nicht schneller? Die Hektik um ihn herum, die laute Reisegruppe, die Enge auf der Plattform, alles blendete Baumer aus. Er war voll und ganz auf sein Gegenüber fixiert. Griese öffnete endlich seine Aktentasche, ließ die Unterlagen in die Tasche gleiten und entnahm der Tasche einen DIN-A5-

Umschlag, den er Baumer wortlos übergab. Dann drehte Griese sich um, trat zum Aussichtsfenster vor und schaute in Richtung Hauptfriedhof.

Am Fahrstuhl entstand ein Gedränge. Die japanische Reisegruppe machte sich geschlossen zur Abfahrt bereit. Baumer riss den Umschlag auf und sah einen Packen 100-Euro-Scheine. Schnell ließ er den Umschlag in seiner Jackentasche verschwinden. Die Fahrstuhl öffnete sich. Baumer zwängte sich mit hinein. Beförderungshöchstzahl, Transportobergrenze, das war ihm jetzt alles egal. Er wollte nur weg von hier, wollte festen Boden unter den Füßen spüren.

19

Ab und zu tastete Baumer an seine Innentasche, der Umschlag mit Grieses Geld war noch da. Wie einfach und problemlos die Sache auf dem Fernmeldeturm gelaufen war! Mit der größten Selbstverständlichkeit hatte Griese ihm den Umschlag in die Hand gedrückt. Der musste allerhand Dreck am Stecken haben!

Im Copyshop waren alle Kopierer besetzt. Studenten, die die Unibibliothek plünderten, blockierten die Kopierer und kopierten wie besessen Buchseite um Buchseite. Unruhig trat Baumer von einem Bein auf das andere.

Bevor er zum Fernmeldeturm gefahren war, hatte Baumer die Unterlagen aus Yvonnes Wohnung kopiert. Schließlich wollte er nach dem Treffen mit Griese nicht mit leeren Händen dastehen. Im Fahrstuhl abwärts war ihm dann die Idee mit den Briefen gekommen. Nach dem Erfolg mit Griese bekam er Lust, in dem Sumpf weiter herumzustochern. Und dafür brauchte er Kopien. Der leicht übergewichtige Student am Kopierer Drei blätterte hastig die Seite um, drückte das Buch fest auf den Kopierer, die Klappe ließ er der Schnelligkeit wegen oben. Als das Blatt belichtet wurde, kniff er die Augen zusammen. Auf seiner Stirn standen Schweißperlen. Im Buch war er nicht mal bis zur Hälfte vorgedrungen. Das würde noch ewig dauern. An welchem Kopierer sollte Baumer sich anstellen? Zehn nach sechs, er hatte keine Zeit. Um halb sieben machten die bei der Post zu, und Briefumschläge musste er auch noch besorgen.

Die junge Frau an der Fünf! Sie klappte den Deckel hoch, ließ ihn wieder fallen, spielte an den Schaltern herum, schaute zur Info, beugte sich, als sie nicht beachtet wurde, wieder über das Gerät. In der Hand hielt sie zwei Blätter. Baumer schaltete blitzschnell.

„Kann ich Ihnen helfen?"

Die Frau lächelte ihn an.

„Nett von Ihnen. Ich kenne mich nämlich überhaupt nicht aus."

Offensichtlich war sie keine Studentin.

„Was wollen Sie kopieren?"

Sie hielt ihm die Blätter hin.

„Wie oft?"

„Einmal."

Ein Steuerbescheid vom Finanzamt.

Baumer legte das erste Blatt auf den Kopierer.

„DIN-A4, genau da müssen Sie anlegen, dann Klappe zu, die Anzahl einstellen, dann hier auf den grünen Schalter drücken, und da vorne kommt das Blatt raus."

„So einfach geht das?", fragte die Frau, als Baumer auch das zweite Blatt kopiert hatte. Er wusste nicht, ob sie es ernst oder ironisch meinte.

„Bezahlen müssen Sie da vorne."

Viertel nach sechs. Als erstes den Förderantrag, dreimal,

dann die beiden ausgedruckten E-Mails, auch je dreimal, da Baumer noch zwei leere Blätter benötigte, ließ er den Kopierer einfach zweimal ohne Vorlage durchlaufen.

„Haben Sie nicht zufällig vier Briefumschläge?“, fragte er an der Kasse.

„Sind wir vielleicht ein Schreibwarengeschäft?“, fragte der Kassierer zurück.

Vor dem Copyshop stand noch immer die junge Frau und winkte Baumer mit ihren Blättern zu. Er winkte strahlend zurück und spurtete zum Paradeplatz vor. In der Schreibwarenabteilung der Galeria Kaufhof, zum Glück im Erdgeschoss, kaufte er einen Packen Briefumschläge. Um fünf vor halb sieben stürzte er in die Hauptpost. Die große Schalterhalle war fast leer.

„Vier Briefmarken zu fünfundfünfzig.“

„Immer auf den letzten Drücker.“

Baumer traf heute anscheinend nur auf mürrisches und unfreundliches Personal.

„Und bitte eine Quittung.“

Baumer zahlte mit einem Hunderter aus Grieses Beständen.

Als er sich auf einem Hocker vor einem der kleinen Tische in der Schalterhalle niederließ, um die Briefe fertigzumachen, fuchtelte der Beamte mit den Armen und deutete auf seine Armbanduhr. Baumer packte seine Siebensachen wieder zusammen und trottete durch die Schalterhalle. Am Ausgang erwartete ihn eine ältere Frau, die mit ihrem Schlüsselbund klimperte.

Die Bänke um den Paradeplatz waren alle besetzt, mehrere Gruppen Jugendlicher, dazu Stadtstreicher, die die Weinflaschen kreisen ließen. Er setzte sich auf die breite Sandsteineinfassung, ordnete die Fotokopien, faltete den ersten Packen, Förderantrag und zwei E-Mail-Ausdrucke, und schob die Blätter in den ersten Briefumschlag, klebte zu, zog sein Notizbuch aus der Tasche und malte die Adresse mit großen Druckbuchstaben auf den Umschlag. Er schrieb mit links, dadurch wirkten die Buchstaben ungelenk und zittrig. Dann klebte er eine Marke auf. Das gleiche geschah mit dem zweiten Stapel, wieder wurden die Kopien kommentarlos in den Umschlag gesteckt. Die Adresse hatte er nicht in seinem Büchlein, also musste er später noch in einem Telefonbuch nachschlagen. Der letzte Packen kam in den dritten Briefumschlag, den er noch nicht zuklebte. Er faltete sorgfältig ein leeres Blatt und schrieb genau in den Knick, so hatte es der Erpresser in dem Woolrich-Fortsetzungskrimi im Rhein-Neckar-Anzeiger auch gemacht, den Satz: „Griese hatte mit der ermordeten Yvonne ein Verhältnis!" Baumer malte die Druckbuchstaben wieder mit links auf das Blatt und schob es ebenfalls in den Umschlag. Wahrscheinlich war dieser letzte Brief zu schwer, aber das war ihm jetzt auch egal. Er knickte das zweite leere Blatt.

„Wie schläft es sich Seite an Seite eines Mörders?"

Wieder schrieb Baumer genau in den Knick. In den vierten Briefumschlag kam nur dieses eine Blatt. Als er zu den Telefonzellen vorging, entdeckte er auf einer Bank seine Freundin aus dem Copyshop. Im Telefonbuch fand er die fehlende Adresse auf Anhieb, er schob die Briefe durch den Schlitz, gab dem Briefkasten einen Klaps. Toi, toi, toi. Die Stricke waren ausgeworfen, die Verhältnisse würden zum Tanzen kommen. Baumer rieb sich die Hände.

Und jetzt? Vielleicht sollte er die Planken entlangschlendern, Richtung Wasserturm. Beim Grimminger könnte er einen Kaffee trinken, ins Kino zu gehen wäre auch eine Option. Halt, die Copyshop-Freundin! Warum eigentlich nicht? Baumer machte kehrt und setzte sich neben sie auf die Bank.

„Hermann heiße ich."

„Und ich bin die Janine", säuselte seine Nachbarin. Sie sah gut aus, lange, gekräuselte Haare, schlanke Figur, Minirock. Wirklich stark.

„Tolles Wetter heute."

„Ja, tolles Wetter."

„Zum ersten Mal kopiert?"

„In so einem Copyshop zum ersten Mal", bekräftigte Janine, obwohl Baumer es sich nicht vorstellen konnte. In welcher Welt lebte Janine eigentlich?

Das Gespräch bewegte sich auf einem sehr hochgeistigen Niveau.

„Schon was vor, heute Abend?"

Sie schüttelte den Kopf.

„Kennst du das Brauhaus am Nationaltheater?"

Auf die Schnelle war Baumer nichts anderes eingefallen.

„Kenne ich."

„Um halb neun, einverstanden?"

„Abgemacht!"

Baumer stand auf, nickte Janine zu und setzte sich in Richtung Wasserturm in Bewegung.

20

Im Brauhaus waren trotz der frühen Stunde alle Tische besetzt. Nur an der Theke waren noch einige Plätze frei. Mit Erleichterung stellte Baumer fest, dass die Bedienung nicht die gleiche war wie am Sonntagabend. Und hinter der Theke zapfte nicht August, sondern ein blutjunger Kerl das Bier. Er hatte schon Angst gehabt, er könnte als der letzte Begleiter Yvonnes erkannt werden, obwohl diese Befürchtung, zugegebenermaßen, nicht sehr groß gewesen war, schließlich war er ja am Sonntag mit Baseballkappe und Sonnenbrille in der Kneipe aufgetaucht. Janine saß an dem Dreiertisch, direkt neben der Theke. Sie winkte und rief: „Hermann, hier."

Baumer nickte ihr zu und bestellte an der Theke ein Mineralwasser.

„Okay", sagte die Bedienung, eine junge Frau in engen Levis und einer kleinen braunen Lederschürze, hinter der sie ihren Geldbeutel verschwinden ließ.

„Hallo, Janine."

Baumer drückte sie kurz, nahm einen Hauch von fast verflogenem Parfum wahr. Er ließ seine Hand auf ihrem Oberarm liegen. Die Bedienung stellte das Wasser auf den Tisch. Janine hatte anscheinend noch nichts bestellt.

„Schon lange hier?"

„Gerade gekommen. Einen Campari, bitte, nur mit Eiswürfeln."

„Prost, auf uns beide", sagte Baumer.

Sie saßen schweigend vor ihren Gläsern, nippten ab und zu, schauten sich in die Augen.

„Was machst du so?"

„Nichts Besonderes."

Alle Gespräche schliefen nach kürzester Zeit ein.

„Ich meine, wo arbeitest du?"

„Verkäuferin, und du?"

„Architekt", schwindelte Baumer.

Die Anerkennung auf Janines Gesicht war unübersehbar.

„Bin aber nicht selbstständig, rechte Hand vom Chef, arbeite in einem Architekturbüro."

„Interessant."

„Es geht", wiegelte er ab, obwohl ja seit einigen Tagen Trubel aufgekommen war, weniger durch den Job, aber irgendwie hatte es ja doch ein wenig damit zu tun. Wieder verfielen die beiden in Schweigen.

„Ich glaube, ich kriege Hunger", murmelte Baumer.

„Gulaschsuppe, absolute Spitze hier."

„Zweimal Gulaschsuppe."

Die Suppe war verteufelt scharf. Baumer bestellte gleich ein Pils, ließ sich mit dem Essen Zeit, so brauchte er sich wenigstens nicht den Kopf über irgendwelche Gesprächsthemen zu zerbrechen. Er tunkte die Suppenschüssel mit dem Brotkanten aus. Besonders helle war sie nicht, die kleine Janine, aber ihr Busen, der sich unter ihrem Pullover abzeichnete, hatte es in sich. Janine war beim dritten Campari angelangt und kicherte nur noch. Baumer bestellte sein zweites Pils. Es sollte das letzte bleiben, das nahm er sich fest vor. Wie konnte er es nur anstellen, Janine möglichst bald herumzukriegen? Auf keinen Fall zu sich nach Hause, der Schrecken vom Montag saß ihm noch in den Knochen.

Janine schmiegte ihren Kopf an seinen Oberarm. Baumer nahm einen tiefen Schluck. Jetzt oder nie.

„Gehn wir noch zu dir?"

Janine nickte.

„Ich wohne ganz in der Nähe."

So einfach ging das also. Er schaute auf die Uhr, zwanzig nach neun. Das war in Ordnung.

„Jetzt kannst du es gar nicht mehr abwarten", sagte Janine.

Ihr Kichern nervte ihn langsam. Aber das würde er ertragen. Er hatte nicht vor, sich allzu lange bei ihr aufzuhalten. Baumer winkte der Bedienung.

An der Tür, Janine im Arm, stieß Baumer fast mit dem gerade eintretenden Gast zusammen. Er wollte sich entschuldigen, als er an den Schultern gepackt und geschüttelt wurde.

„Mensch, dich hier zu treffen, und mit so einer Begleitung!"

Janine kicherte.

„Wenn das Marianne erfährt!"

Hans-Georg schlug ihm auf die Schulter.

„Ein Bier müsst ihr schon noch mit mir trinken. Kommt ja nicht alle Tage vor, dass ich dich hier treffe. Macht schon."

„Ein anderes Mal gern", bestimmte Janine, „aber heute geht es nicht."

„Ein Pils für mich, Stefanie", rief Hans-Georg der Bedienung zu.

„Kommt sofort", antwortete die Bedienung. „Falls du Yvonne suchst, die war seit Sonntag nicht mehr hier."

Baumer zog Janine schnell nach draußen. Was hatte das bloß wieder zu bedeuten. Hans-Georg und Yvonne? Das war unmöglich.

„Wir können zu Fuß zu mir gehen."

Janines Worte katapultierten ihn in die Wirklichkeit zurück.

21

Baumer ging die dunkle Straße entlang. Das Auto hatte er unter den alten Ulmen am Unteren Luisenpark geparkt. Den Schlüsselbund warf er in die Luft, fing ihn wieder auf. Er pfiff vor sich hin. Es war ihm schwer gefallen, Janine mit ihrem Schmollmund allein im Bett zurückzulassen. Montagabend, denk an Montagabend, hatte er sich immer wieder gesagt. Reden war Fehlanzeige, aber Janine hatte andere Vorzüge. Vielleicht wäre es ja mit Yvonne genauso stark gewesen, wäre nur der zugeblasene Kopf nicht gewesen. Heute Abend hatte Baumer gerade einmal zwei Bier getrunken.

„Warum bleibst du nicht über Nacht?"

Janines Stimme klang enttäuscht. Baumer blieb hart.

„Wir könnten morgen früh gemütlich zusammen frühstücken."

Baumer schüttelte den Kopf. An der Tür drehte er sich nochmal um, absolut cool, richtig abgebrüht.

„Ich melde mich bei dir."

Wenn Marianne das wüsste!

„Wow", sagte Baumer zu sich und entriegelte sein Auto. Er kam sich stark vor. Am Montag Yvonne, heute Janine. Baumers Oberarme wurden nach hinten gerissen. Ein Schraubstockgriff!

„Hey, was soll das, loslassen!"

Es mussten zwei sein, die ihn festhielten und über den Gehweg zerrten.

„Loslassen, habe ich gesagt."

Ein dritter tauchte vor ihm auf, rammte ihm die Faust in den Magen. Baumer japste nach Luft.

„Langsam, langsam, erst weg von der Straße."

Sie zerrten ihn ins Gebüsch. Anfangs wehrte sich Baumer halbherzig, stemmte sich dagegen, aber der unerbittliche Griff, der Schlag in den Magen, die Angst. Was wollten die von ihm?

„So, ich glaube, hier sind wir ungestört."

Geld, klar, die konnten nur Geld wollen, Schecks, Armbanduhr.

„Ihr könnt mein Geld haben, ihr könnt alles haben."

Riesig groß war er, der Typ, der vor Baumer stand, korpulent, eine Kapuze ins Gesicht gezogen. Baumer konnte sein Gesicht nicht sehen. Die Stimme, da war er sich hundertprozentig sicher, die hatte er noch nie in seinem Leben gehört. Und, auch da war er sich ganz sicher, vergessen würde er sie ebenfalls nicht wieder.

„Eine Abreibung bekommst du. Und völlig kostenlos!"

„Was habe ich euch getan?"

Baumers Stimme überschlug sich. Der Riese schlug ihm mit dem Handrücken auf den Mund. Baumer spuckte Blut.

„Nicht ins Gesicht, hast du das vergessen?"
„Okay, Jungs, bringen wir es hinter uns!"
Es folgten zwei trockene, ansatzlose Schläge in den Magen, ohne weitere Vorwarnung. Baumer kippte nach vorne. Der Typ packte ihn an den Haaren, riss den Kopf nach hinten, zwei leichte Schläge auf den Brustkasten, dann kam ein Hammer, der Baumer aufschreien ließ. Und, als Krönung, die Faust grub sich noch in die Brust, schnellte das angezogene Knie voll in Baumers Weichteile. Ihn zerriss es fast. Der Schraubstockgriff war urplötzlich verschwunden, Baumer sackte in sich zusammen, das Gras war kühl und feucht.
„Genug?"
Genug, mehr als genug, dachte Baumer. Über seine Lippen kam kein Ton.
„Ich habe nichts gehört. Habt ihr was gehört?"
Harte Stiefelspitzen.
„Nicht ins Gesicht, passt auf!"
Baumer rollte sich zusammen, machte sich ganz klein, winzig klein. Ein Embryo im Mutterleib. Wo waren die Schmerzen? Warum spürte er nichts mehr?
„Genug?"
Das war nicht Baumers Stimme, die das „Genug" hervorbrachte.
Den letzten Tritt, nochmals in die Hoden, spürte Baumer wieder.
„Wenn du nicht parierst, gibt es noch ein kleines Rendez-vous!"
Die Worte kamen von weit her, wie durch einen Nebelschleier. Wenn er nicht parierte. Parieren? Rendez-vous? Rendez-vous mit wem? Mit Janine? Mit Yvonne?

V

Querschläger

22

Die Sonne scheint, die Vögel zwitschern. Es könnte ein ruhiger, friedlicher Morgen sein, die wunderbare Kulisse für den Beginn eines entspannten Arbeitstages, das nahende Wochenende im Blick. Ein köstlicher Kaffeeduft durchzieht die Küche, die Brötchen sind aufgebacken, es knackt herrlich, wenn das Brotmesser in die noch warmen Brötchen fährt.

Baumer erlebte einen anderen Morgen. Er bekam die Augen kaum auf, hatte unruhig geschlafen, hatte sich aber nicht von einer Seite auf die andere gewälzt, sondern still und unbeweglich im Bett gelegen, da er sich kaum rühren konnte. Jede noch so kleine Bewegung hatte starke Schmerzen verursacht.

Die Sonne schien ihm voll in die Augen, die Vögel veranstalteten einen Höllenlärm. Der Frühstückstisch war leer, nur eine Tasse Kaffee stand verloren da. Baumer hatte die doppelte Menge Kaffeepulver und die halbe Menge Wasser verwendet. Er war reif für den Arzt. Aber das kam nicht in Frage, Langenbrunn würde ausflippen. Baumer musste ins Büro, egal wie.

„OB stellt sich vor Mitarbeiter!“

Er hielt die Zeitung in Augenhöhe. Mit der Sonne, das war jetzt in Ordnung, aber seine Arme schmerzten. Er kam nicht daran vorbei, er musste aufstehen, musste den langen Weg zum Küchenfenster auf sich nehmen, fünf endlose Schritte. Er musste nach dem Rollo greifen. Draußen im Garten war die Forsythie schon verblüht, der Goldlack gab sich im knalligsten Gelb-Orange, die Tränenden Herzen schaukelten sanft im Wind. Der kleine Gartenteich lag noch im Schatten. Was war das für ein Morgen, an dem sogar die Goldfische vor Freude Luftsprünge vollführten! Am Apfelbaum, Hochstamm, Ontario, bildeten sich die ersten Früchte, die entfernt an Äpfel denken ließen.

Baumer ließ das Rollo zur Hälfte herunter. Mit einem Schlag war die helle Morgenstimmung verschwunden, aber er konnte in aller Ruhe weiterlesen, was die verantwortlichen Herren zur Grundstücksaffäre zu sagen hatten. Auf dem Rückweg kam er am Radio vorbei, Volksempfängerimitation, er schaltete ein, um die Vögel, die lieben, auszuschalten. Seine Frau hätte sicher protestiert, laute Musik störte angeblich ihre Kreise. Aber Marianne war nicht da, bis Montag voraussichtlich bei ihren Eltern, und heute war erst Donnerstag, der 10. Mai.

"I don't live today, maybe tomorrow."

Der Leiter der Stadtverwaltung wies auf seine Pflicht hin, sich vor seine Mitarbeiter zu stellen. Die merkwürdigen Zufälle, die im Zusammenhang mit einer Presseveröffentlichung aufgetaucht waren, seien gewissenhaft unter die Lupe genommen worden. Alle betroffenen Mitarbeiter hätten ihr Einverständnis gegeben, auch private Bereiche zu durchleuchten. Bei den in der Kürze der Zeit möglichen Überprüfungen hätten sich keinerlei Anhaltspunkte für unkorrektes Handeln ergeben. Die Musik wurde leiser, verschwand fast, da setzte Hendrix zum großen Finale an, die Töne krochen in jeden Winkel, Wahnsinn, was man mit einer Gitarre, einem Verstärker und zwei Pick-ups alles anstellen konnte! Hendrixs Gelächter beendete die Musik vom anderen Stern.

Warum hatten ihn diese drei Typen letzte Nacht fertiggemacht? Irgendwelche Rowdys? Spaß an der Gewalt? Lustgewinn beim Zusammenschlagen friedlicher Bürger?

Baumer war ihnen zufällig über den Weg gelaufen? Beruhigend. Wenn es so wäre.

„Nicht ins Gesicht, passt auf!"

Bis auf eine leicht geschwollene Oberlippe hatten sie sich an die Anweisung gehalten. Wenn Baumer sich im Spiegel betrachtete, sah er relativ normal aus, leicht mitgenommen, vielleicht unausgeschlafen, ein wenig verkatert. Auf jeden Fall sah niemand, dass er vor wenigen Stunden nach allen Regeln der Kunst zusammengeschlagen worden war. Wenn dieser ganze Stress vorbei war, würde er sich im Schaukelstuhl im Wohnzimmer ausstrecken, Jimi Hendrix auflegen, „Are You Experienced", den Verstärker voll aufdrehen, die Augen schließen und abheben.

„Nicht ins Gesicht!"

Profis, die ihr Handwerk verstehen. Jemand musste die Anweisung gegeben haben. Jemand musste die Schläger angeheuert haben.

„Die BABAG hat keine Grundstücke von der Stadt per Vetterleswirtschaft erhalten. Diese Unterstellung ist schlicht und einfach falsch."

Der OB nahm deutliche Worte in den Mund. Das kam immer an. Ob seine Aussage stimmte, stand auf einem anderen Blatt.

Der Förderantrag, die beiden E-Mails auf Yvonnes Laptop, *„bitte minister und gegebenenfalls regierungschef am mi an babag-darlehen erinnern"*.

Der Ministerpräsident und der BABAG-Chef, dicke Freunde und Skatbrüder, hatten letzten Sommer einen gemeinsame Segeltörn auf Kremps Jacht unternommen, sogar mit Familien.

„Bei Grundstücksvergaben wird die BABAG nicht bevorzugt. Die Stadt hat an die BABAG lediglich einen Anteil von vier Prozent der Fläche, die an Bauträger abgegeben wurde, veräußert."

Genaugenommen sagte der OB nicht einmal die Unwahrheit. Natürlich wurde die BABAG nicht offensichtlich bevorzugt. So einfach lagen die Dinge nicht. Die BABAG bekam die geeigneten Grundstücke nicht direkt zugeschanzt. Die Abwicklung lief über einen Dritten, die GENÜ, die Gemeinnützliche Baustiftung. Von dort wanderten die Grundstücke weiter an die BABAG. Ein Grundstückskarussell, das sich munter drehte. Der OB ging in seiner Erklärung nicht auf die Frage ein, wie es zu der Bauherrennachbarschaft und der Ausnahmeregelung, Geländeverkauf statt Erbpacht, gekommen war. Er ging auch nicht näher auf die Umstände der besagten Südamerikareise ein. Abschließend hatte der Leiter des Amtes für Grundstückswesen, Griese, Gelegenheit, den Werdegang beim Verkauf städtischer Grundstücke zu schildern. Er legte Wert darauf festzustellen, dass in seinem Bereich keine Unregelmäßigkeiten aufgetreten seien.

Die Stereotypen langweilten Baumer.

Noch waren sie bei der Zeitung auf die offiziellen Verlautbarungen angewiesen. Aber: Baumers Briefe waren unterwegs. Er kicherte vor sich hin, rieb sich die Hände und zuckte schmerzgepeinigt zusammen. Profis! Er schenkte sich Kaffee nach, der Löffel blieb fast in der braunen Flüssigkeit stehen. Er wusste Bescheid, er, der kleine Hermann Baumer, blickte voll durch, hatte die Fäden in der Hand. Ihm ging es entschieden besser, trotz der Schmerzen. Und Grieses Geld war auch nicht zu verachten. Aber im Grunde ging es ihm nur in zweiter Linie um Grieses Verstrickung in die Grundstücksaffäre. Baumer wollte Yvonnes Mörder finden. Er blätterte den Rhein-Neckar-Anzeiger weiter durch. Erst auf der vierten Seite des Lokalteils stieß er auf den gesuchten Bericht.

„Wer sah die siebenundzwanzigjährige Yvonne D.?“

Die Polizei hatte sie also identifiziert. Ein kleines Foto, Yvonne mit geschlossenen Augen und Schatten am Hals, die tote Yvonne in der Zeitung, neben dem Artikel.

„Die Mordkommission des Polizeipräsidiums rätselt immer noch, wo sich die siebenundzwanzigjährige Yvonne D. am Sonntag, dem Tag ihres Verschwindens, aufgehalten hat. Ihre Leiche war am Dienstagabend von einem Rentner bei einer Baustelle zur Erweiterung der A6 vor dem Viernheimer Kreuz gefunden worden. Die junge Frau wurde vermutlich erstickt. Untersuchungen des Instituts für Rechtsmedizin führten zu dem Nachweis, dass es vor der Tötung zu sexuellen Handlungen gekommen sein muss. Ob sie im Zusammenhang mit dem Verbrechen stehen, ist im Moment noch ungeklärt. Weiter wurde nachgewiesen, dass die junge Frau zum Zeitpunkt ihrer Tötung am Montagmorgen leicht alkoholisiert war. Die Blutalkoholkonzentration betrug 0,9 Promille."

Baumer faltete die Zeitung zusammen.

"What Goes Around... Comes Around" von Justin Timberlake. Der gute, alte Jimi würde sich im Grab herumdrehen. Baumer schaltete ab. Lieber noch den Vogelkrach! Auf der Titelseite des Rhein-Neckar-Anzeigers der kurze Bericht über die Pressekonferenz der Stadtverwaltung mit dem Hinweis einer ausführlichen Berichterstattung im Lokalteil. Dort, an bester Stelle, der groß aufgemachte Artikel mit einem zweispaltigen Foto eines durch und durch konzentrierten, vertrauenerweckenden Stadtoberhaupts. Weiter hinten versteckt der kleine, sachliche, emotionslose Bericht über die tote Yvonne.

Die Sonne war ein klein wenig höher gewandert, es war nicht mehr nötig, dass das Rollo die Helligkeit des Morgens vor dem Eindringen hinderte. Baumer schaute auf die Uhr über der Tür zur Speisekammer, zwanzig nach sieben. Langsam musste er sich fertigmachen. Er zog das Rollo hoch. Der Zimmerstaub flimmerte in der Sonne. Eine Amsel durchwühlte die Kartoffelschalen auf dem Kompost. Lene stand an der Tür zum Garten und klapperte mit den Zähnen. Baumer ließ sie in den Garten, sie duckte sich und schlich auf Samtpfoten zum Kompost. Die Amsel hatte die sich anschleichende Katze längst bemerkt, fuhr jedoch in ihrer Wühlarbeit seelenruhig fort. Erst im allerletzten Moment, Baumer sah sie schon in den Klauen der Katze, schwang sich die Amsel auf den Apfelbaum und ließ eine Schimpfkanonade los. Baumer trank den Kaffee aus. Zwei Artikel in der Zeitung, zwei Artikel, die nichts, aber auch gar nichts miteinander zu tun hatten, die eher zufällig in der gleichen Ausgabe abgedruckt wurden. Und doch gehörten sie zusammen. Der Artikel über die Grundstücksaffäre und der Bericht über Yvonnes Ermordung wurden zusammengehalten durch die Person des ehrenwerten Herrn Griese, seines Zeichens Leiter des Amtes für Grundstückswesen. Herr Griese mit der großen Hand, der offenen. Als Dank schanzte er dem Bauunternehmen über die GENÜ geeignete Grundstücke zu. Yvonne musste ihn in irgendeiner Kneipe kennengelernt haben, erst die übliche Masche, billige Erpressertour.

„Du willst doch nicht, dass deine Frau…“

Dann musste Yvonne, wie auch immer, an die hochexplosiven Unterlagen gekommen sein, die Baumer in ihrer Wohnung gefunden hatte. Und sicherlich hatte sie die Tragweite ihrer Entdeckung ziemlich bald erkannt. Bestechung. Yvonne wollte ihren Anteil. Eine Weile mag das gut gegangen sein, bis es Griese wohl klar wurde, dass er vor einem Fass ohne Boden stand. Als Yvonne in ihren Forderungen immer unverschämter wurde, stand Griese vor der knallharten Entscheidung: Entweder wanderte er in den Knast oder Yvonne musste zum Schweigen gebracht werden, für immer. Auf irgendeine Art und Weise musste er herausgefunden haben, wo Yvonne die Nacht zum Montag verbracht hatte. Und dann taucht er morgens auf, nachdem Baumer längst fort war, und serviert der überraschten Yvonne den Kaffee ans Bett, verlässt danach in aller Seelenruhe das Haus, lacht sich ins Fäustchen. Yvonne tot im Ehebett eines wildfremden Menschen, mit dem er nichts zu tun hatte. Nicht schlecht, Grieses Plan.

Zwanzig vor acht. Baumer hatte zwar Gleitzeit, aber Langenbrunn sah es äußerst ungern, wenn seine Mitarbeiter nach acht im Büro ankamen. Er musste sich beeilen. Er schleppte sich zum Telefon. Grieses Privatnummer kannte er inzwischen auswendig. Griese war schon außer Haus, unterwegs zu seiner Dienststelle. Das überraschte Baumer zwar, kam ihm aber nicht ungelegen.

„Wie schläft es sich neben einem Mörder, Frau Griese?"

„Ich weiß nicht, was Sie meinen."

Ihre Stimme blieb ruhig, gelassen.

„Dann lesen Sie doch mal die Zeitung, Lokalteil Seite vier. Und Ihren Mann, den können Sie fragen, was er denn mit der armen Yvonne so alles getrieben hat. Und wie er sie um die Ecke gebracht hat."

„Sie sind ja verrückt!"

23

„Das wurde ja nun wirklich Zeit! Suchen Sie bitte die Unterlagen zu den beiden BABAG-Wettbewerben heraus. Viertel vor neun: Termin im Amt für Grundstückswesen. Sie begleiten mich."

Baumer nickte seinem Chef mechanisch zu, ohne sich der Tragweite der Worte bewusst zu sein. Gerade noch hatte er im Auto gesessen. Er war in einer relativ passablen Stimmung, trotz der nächtlichen Abreibung. Das Telefongespräch mit Frau Griese hatte ihn aufgebaut.

Und jetzt Langenbrunn, sein unfreundlicher Ton. Baumer hatte sich in den vielen Jahren daran gewöhnt, hatte Langenbrunns Anmaßungen gegen die kleinen Freiheiten, die er sich als langjähriger Angestellter herausnehmen konnte, in Kauf genommen.

Der BABAG-Vorgang, was hatte Langenbrunn damals geflucht.

„Die schreiben den Wettbewerb aus und schämen sich nicht, ihren eigenen Partnern den Zuschlag zu geben. Dabei hatten wir wirklich gute Entwürfe!"

Baumer brauchte nicht lange nach den Akten zu suchen. Die Ablage war übersichtlich, fast pedantisch geführt.

Termin im Amt für Grundstückswesen, viertel vor neun, Baumer stockte plötzlich der Atem. Bei Griese! Er griff sich an den Kopf, knickte in den Kniekehlen ein, ließ sich auf seinen Schreibtischstuhl fallen. Bei Griese, den er gerade gestern Abend auf dem Fernmeldeturm getroffen, den er erpresst hatte.

„Termin um Viertel vor neun. Und Sie begleiten mich."

Unmöglich, das ging nicht, das war ausgeschlossen, Baumer durfte Griese nicht unter die Augen kommen. Er atmete tief durch, stapelte die BABAG-Akten und klopfte bei Langenbrunn an. Er legte ihm die Unterlagen auf den Tisch.

„Was soll ich damit? Stecken Sie sie ein."

„Unmöglich, auf meinem Schreitisch stapeln sich die Aufträge, ich ersticke förmlich unter der Arbeit", sagte Baumer, „alles ist liegengeblieben. Vielleicht sollte ich dableiben."

„Kommt überhaupt nicht in Frage. Wenn Sie so viel zu

tun haben, dann bleiben Sie heute Abend länger da. Zu dem Termin kommen Sie mit. Machen Sie sich fertig, wir müssen gleich los."

Baumer verließ Langenbrunns Büro, ergab sich seinem Schicksal. Die Wahrheit konnte er ihm nicht sagen, und eine Ausrede akzeptierte er nicht. Wie würde Griese reagieren? Würde er die Form wahren, sich nichts anmerken lassen? Würde er ausflippen? Eines war klar: Nach dem Besuch im Amt wäre Baumer für Griese kein Unbekannter mehr. Er könnte zur Retourkutsche ansetzen. Diesen Gedanken versuchte Baumer zu verdrängen.

Langenbrunn stand schon am Fahrstuhl. Der Briefkasten unten im Foyer war noch leer. Der Briefträger kam meist kurz nach neun. Noch war der Brief, den Baumer gestern Abend an Langenbrunn geschickt hatte, nicht zugestellt.

Sollte Baumer im Auto einen Schwächeanfall vortäuschen? Langenbrunn würde ihn für verrückt erklären. Sollte Baumer einfach die Treppe ins Untergeschoss hinabspurten, sich irgendwo in den weiten Kellergängen verstecken, auf Langenbrunns Rufe nicht reagieren? Aber dann konnte er gleich die Kündigung einreichen.

Richtung Innenstadt war kaum Verkehr. Langenbrunn fuhr zügig, überschritt die vorgeschriebene Geschwindigkeitsbegrenzung auf der Bismarckstraße nur geringfügig. Und während er fuhr, redete er ohne Punkt und Komma.

„Die BABAG-Ausschreibungen. Da ist nichts mehr zu machen, die Gebäude sind schon bezogen. Aber für die Zukunft, da rechne ich mir was aus. Wir müssen Druck machen auf diesen Griese. Ich werde ihn fragen, ob er die Berichterstattung in der Presse verfolgt? Ich werde ihn fragen, ob bei diesen beiden Wettbewerben, diesen Ausschreibungen, alles mit rechten Dingen zugegangen ist. Ich werde ihm signalisieren, dass ich nicht nachkarten möchte. Ich werde ihm sagen, dass der Zug abgefahren ist, aber ich werde ihn bitten, in Zukunft enger mit uns zusammenzuarbeiten."

Baumer ließ den Wortschwall über sich ergehen, irgendwann schaltete er ab. Zum ersten Mal spürte er so etwas wie Angst. Er sah ein dunkles, tiefes Loch vor sich. Ein Stein fällt in das Loch, ein Stein, der niemals unten aufschlagen wird. Acht Uhr siebenunddreißig, nur noch wenige Minuten, vielleicht war die Innenstadt gesperrt, vielleicht fand Langenbrunn keinen Parkplatz. Baumers unsinnige Hoffnung verflog schnell. Vor dem Gebäude, in dem das Amt für Grundstückswesen untergebracht war, fuhr ein winziger Fiat aus einer Parklücke. Langenbrunn hatte vielleicht ein Glück! Er parkte vorwärts ein, das Auto stand reichlich schief.

„Egal, wir haben keine Zeit zu verlieren. Ziehen Sie doch bitte einen Parkschein!"

Typisch Langenbrunn! Mitten auf dem Gehweg, direkt vor dem Eingang zum Amt, parkte ein Polizeiwagen.

Um acht Uhr vierundvierzig betraten die beiden das Gebäude. Langenbrunn hetzte die Treppe hoch, nahm sich keine Zeit für den Fahrstuhl, Baumer trottete wie ein Dackel hinterher, hielt vier bis fünf Schritte Abstand. Ohne anzuklopfen, stürmte Baumers Chef in Grieses Vorzimmer. Grieses Sekretärin, die gerade mit dem Wasserfilter hantierte, blickte überrascht auf, erschrak, goss einen Schwall neben die Kaffeemaschine. Am Fenster stand ein Polizist in Uniform und starrte bewegungslos in Richtung Marktplatz. Die Sekretärin suchte nach einem Lappen, fand keinen, kramte aus ihrer Handtasche ein Päckchen Papiertaschentücher und versuchte, die Überschwemmung zu beseitigen. Sie machte einen reichlich gestressten Eindruck.

„Sie wünschen?“, fragte sie die Besucher.

„Wir haben einen Termin bei Herrn Griese, viertel vor neun.“

Sie blätterte in ihrem Terminkalender neben dem Telefon.

„Architekturbüro Langenbrunn?“

Langenbrunn nickte.

„Vor lauter Hektik habe ich vergessen, Ihnen Bescheid zu sagen. Herr Griese ist leider verhindert, ganz kurzfristig und unvorhersehbar.“

Sie deutete unmerklich mit dem Kopf in Richtung Fenster. Dort stand der Polizist, der sich inzwischen umgedreht hatte und Langenbrunn und Baumer eingehend musterte.

„Ich hoffe, Sie sind mir nicht böse, es ist ganz allein meine Schuld.“

Baumer fiel ein Stein vom Herzen.

„Herr Griese soll uns einfach Bescheid sagen, wann es ihm wieder passt.“

Langenbrunns Höflichkeit überraschte ihn.

Unten, am Treppenaufgang wartete er auf seinen Mitarbeiter.

„Herr Griese ist leider verhindert“, äffte er die Sekretärin nach.

24

Aufgelegt. Grieses Frau hatte einfach aufgelegt. Wenn das stimmte, was sie Baumer gerade gesteckt hatte! Es hammerte unsanft an der Glastür der Telefonzelle. Ein alter Mann fuchtelte mit seinem Gehstock herum. Baumer drückte die Tür auf.

„Bitte schön“, flötete er freundlich und hielt dem Mann die Tür auf. Beim Bäcker im Vorraum zum Edeka verlangte Baumer drei Brötchen, ofenfrisch, versprach die Werbung, und eine Schneckennudel, die zweite von links, die mit den vielen Rosinen. Die Verkäuferin zählte ihm das Restgeld in die Hand.

„Ein schöner Tag noch."

Baumer, der aus dem Westfälischen nach Mannheim gezogen war, musste bei dem speziellen Kurpfälzer Akkusativ jedes Mal innerlich grinsen.

„Ein schöner Tag noch."

So sicher war Baumer sich da nicht. Im Amt für Grundstückswesen hatte er Glück gehabt, aber der Anruf gerade bei Grieses Frau hatte ihn verunsichert.

„Neben einem Mörder kann ich nicht schlafen. Mein Mann und ich, wir haben getrennte Schlafzimmer. Und mit diesem Todesfall kann mein Mann gar nichts zu tun haben. Der war zur fraglichen Zeit auf einer Dienstreise. Sie haben richtig gehört. Abgefahren am Samstagmorgen kurz nach acht, Rückkehr am Montagabend, kurz nach 20 Uhr. Ich habe ihn persönlich zum Bahnhof gebracht und auch wieder abgeholt."

Ein Höhepunkt stand Baumer noch bevor, Langenbrunn hatte die Post eigenhändig aus dem Briefkasten geholt, als sie vom Amt für Grundstückswesen zurückgekommen waren. Er würde bald den Umschlag ohne Absender entdecken. In Gedanken rieb sich Baumer die Hände. Kurz nach halb zwölf, er musste sich beeilen, schließlich wollte er an seinem Platz am Schreibtisch sitzen, in irgendeine Zeichnung vertieft.

„Herr Langenbrunn sucht Sie schon überall."

Schade, den Auftritt hatte er versäumt. Langenbrunns Tür stand offen. Ohne Kommentar hielt er Baumer die Fotokopien hin. Baumer tat so, als ob er die Blätter intensiv studierte, schüttelte nach angemessener Zeit den

Kopf, versuchte, einen verwirrten Eindruck zu erwecken.

„Das stinkt nach Bestechlichkeit im Amt, Korruption, kapieren Sie? Der Griese, die BABAG, die Grundstücke, alles verschoben, ausgemauschelt. Wenn ich an die beiden Wettbewerbe denke, der Zuschlag stand schon vorher fest. Ich könnte platzen, Baumer. Wir hätten die Ausschreibung gewonnen, wenn es mit rechten Dingen zugegangen wäre."

„Aber die Gebäude stehen doch schon", unterbrach Baumer Langenbrunns Ausführungen.

„Natürlich, die stehen, und die BABAG hat die Gelder eingesteckt. Verdammt noch mal."

Seine Stimme wandelte sich von anfangs kämpferischem Charakter mehr und mehr in Richtung Resignation.

„Was sollen wir nur machen?"

„Vielleicht sollten Sie die Polizei informieren."

Was Besseres fiel Baumer nicht ein. In diesem Moment erschien Langenbrunns Sekretärin mit der Unterschriftenmappe. Und Baumers Handy klingelte.

Die Polizei! Wenn das jetzt die Polizei war! Wenn sie von ihm wissen wollte, ob er der Begleiter der jungen Frau gewesen sei, die am Montag ermordet worden war. Wenn sie ihm mitteilten, er solle auf das Präsidium kommen, sofort.

Frau Riegler hielt ihrem Chef die Unterschriftenmappe hin.

„Entschuldigung", sagte Baumer und verließ Langenbrunns Büro.

„Baumer, sind Sie's?"

Es war nicht die Polizei. Baumer atmete auf. Es war Yvonnes Komplize. Der bedankte sich für die herrlichen Fotos, besonders das Bett sei gut getroffen. Dann wechselte er unvermittelt das Thema, während Baumer noch über den Sinn der Aussage mit dem Bett nachgrübelte.

Das Pflaster hier werde ihm zu heiß, er müsse für eine Zeitlang untertauchen, man dürfe sein Gesicht in den nächsten Wochen nicht sehen, dazu brauche er Geld, zwanzigtausend, das werde wohl reichen für die nächste Zeit. Freitag um 13 Uhr, das sei genügend Zeit, um das Geld zu besorgen. Genaueres wolle er ihm noch mitteilen. Baumers Protest ließ er nicht gelten, schließlich sei das Bett gut getroffen, und wie sei denn Yvonne von diesem Bett an die Baustelle an der Autobahn gekommen, schließlich wolle Baumer doch nicht, dass die Polizei einen Tipp erhalte.

„Ich rufe Sie heute Abend zu Hause an, nach dreiundzwanzig Uhr. Und denken Sie an letzte Nacht!"

Weg war er. Zwanzigtausend für Fotos, die Baumer dem Typen selbst ausgehändigt hatte! Was für ein Trottel war er bloß gewesen. Am Ende dachte der Kerl noch, Baumer hätte Yvonne umgebracht.

„Baumer, wo bleiben Sie denn?"

Langenbrunns Stimme überschlug sich. Letzte Nacht? Letzte Nacht!

„Ich habe die Polizei angerufen, jetzt raten Sie mal, was ich da erfahren habe."

Obwohl Baumer wusste, dass die Polizei einen identischen Brief erhalten hatte, tat er so, als wüsste er nichts.

25

Das Brot war hart, Marianne aß es so am liebsten. Den Bierschinken hatte Baumer in den Abfall geworfen. Er hätte höchstens für einen Hund noch appetitlich gerochen.

„Falls sich die Oberfläche der Wurst schmierig anfühlt,

einfach unter fließendes Wasser halten und mit einem Baumwolltuch vorsichtig abtupfen."

An den Ratschlag aus dem Kochbuch von Oma Luise wollte er sich nicht halten. Vertrocknetes Brot und eine einsame Scheibe Käseaufschnitt, an den Rändern schon verdächtig trocken, mehr hatte Baumer im Kühlschrank nicht an Essbarem gefunden. Er musste unbedingt einkaufen gehen. Er legte sein belegtes Brot auf den Tisch zurück. Belegt! Er würde essen gehen, eine gute Idee. Es war jetzt kurz vor sechs. In wenigen Minuten kam „RNF-Life". Die Sendung wollte er auf keinen Fall versäumen. Vielleicht gab es ja neue Entwicklungen in Sachen Grundstückskarussell.

Am Nachmittag waren zwei Beamte in Zivil bei Langenbrunn aufgetaucht, der hatte auf Baumers Anwesenheit bestanden. Die beiden hatten die Fotokopien nicht sehr beeindruckt angeschaut.

„Davon sind mehr in Umlauf", hatte der eine lapidar festgestellt. Einige belanglose Fragen wurden gestellt.

„Was haben Sie mit den Vorgängen im Amt für Grundstückswesen zu tun?"

Langenbrunn war aufgebraust.

„Ich darf doch wohl bitten!"

Baumer hatte sich eingeklinkt, auf die beiden Ausschreibungen verwiesen, bei denen jeweils die BABAG-Partner den Zuschlag erhalten hatten und das Architekturbüro Langenbrunn leer ausgegangen war. Langenbrunn hatte ihm zugenickt und war sich mit einem überdimensionalen grau karierten Stofftaschentuch über die Stirn gefahren.

„Sie haben keine Ahnung, wer Ihnen diese Papiere hat zukommen lassen?"

Bevor Langenbrunn wieder aufbrausen konnte, schüttelte Baumer den Kopf.

„Und zu welchem Zweck?"

Baumers Besorgnis war unberechtigt gewesen. Im Gegenteil, die beiden Kriminalbeamten machten einen mehr als harmlosen Eindruck. Sollte das der Polizeistandard in dieser Stadt sein, er könnte sich getrost in seinem Schaukelstuhl lümmeln, die Füße hochlegen, in der Hand ein Gläschen Sherry.

Sieben nach sechs, das „Regionalmagazin für die Metropolregion Rhein-Neckar" hatte schon begonnen. Baumer schaltete den Fernseher ein. Neuigkeiten aus der Region waren angesagt.

„Unser Mitarbeiter Dirk Städler hat den Mannheimer Oberbürgermeister zu den Entwicklungen und Verwicklungen rund ums Amt für Grundstückswesen befragt. Wir haben für Sie das Gespräch aufgezeichnet."

Szenenwechsel ins Foyer des Rathauses.

„Was halten Sie als Chef der kommunalen Verwaltung von den dramatischen Entwicklungen in der Grundstücksaffäre?"

Der OB hob abwehrend die linke Hand, die bisher auf der Rechten direkt vorm Hosenschlitz geruht hatte, gab seinen staatsmännischen Blick für einen Augenblick auf, zog die Augenbrauen nach unten.

„Wir (sprach er jetzt von sich schon in der Mehrzahl?), wir im Rathaus (ach so!) wehren uns, von Grundstücksschiebereien zu sprechen. Möglicherweise scheint es zu Unregelmäßigkeiten gekommen zu sein, sicherlich ist vieles ungeklärt, aber ich kann den Bürgerinnen und Bürgern dieser Stadt versichern, dass alles, ich betone alles, ohne Rücksicht auf persönliche und Parteiinteressen vorbehaltlos aufgeklärt wird. Heute Mittag bereits habe ich mehrere meiner Mitarbeiter damit beauftragt, die Vorgänge um die BABAG genaustens zu untersuchen."

„Könnten Sie ein Wort zu den dramatischen Entwicklungen des heutigen Tages sagen?"

„Die vorläufige Verhaftung des BABAG-Chefs überrascht natürlich auch uns. Wir gehen davon aus, dass alles getan wird, um Licht in diese (Zögern, Räuspern) Angelegenheit zu bringen. Wir hoffen, dass Herr Kremp Recht behält, der der Presse unmittelbar nach seiner Festnahme mitteilen ließ, es handle sich um ein bedauerliches Missverständnis, er werde umgehend seine Unschuld beweisen."

„Nach der Verhaftung des Leiters des Amtes für Grundstückswesen am frühen Vormittag ist das bereits die zweite Verhaftung."

„Sie werden verstehen, dass ich mich zu laufenden polizeilichen Untersuchungen nicht öffentlich äußern kann."

„Vor wenigen Tagen haben Sie sich vorbehaltlos hinter die städtischen Bediensteten des Amtes für Grundstückswesen gestellt. Gilt diese Aussage noch?"

„Ich muss mich leider wiederholen, aber Sie werden verstehen, dass ich in einer laufenden Angelegenheit, in die die Staatsanwaltschaft eingeschaltet ist, nicht in der Lage bin, irgendwelche Erklärungen abzugeben."

„Heißt das, Sie stehen nicht mehr hinter den städtischen Bediensteten?"

„Ziehen Sie bitte keine voreiligen Schlüsse."

„Wir danken Ihnen für das Gespräch. Zurück ins Studio."

Letzte Einstellung, das Stadtoberhaupt groß im Bild, die Hände brav über dem Hosenschlitz gefaltet. Schnitt. Moderatorin, blonde Kurzhaarfrisur, Kreolen an den Ohren, weißes Top, schwarzes Sakko, dazu passendes Lächeln, die Lippen eine Spur zu dick und zu rot geschminkt.

„Soweit unser Interview aus dem Rathaus."

An den runden Kaffeehaustischen im Hintergrund des Studios saßen Männer mit unbeweglichen Mienen, ihre Blicke gingen haarscharf an der Kamera vorbei, das

Rückgrat war durchgedrückt, die Arme waren vor der Brust verschränkt, sie saßen in einer seltsam steifen Haltung vor der Kamera, als ob sie alle die Luft anhielten.

„Wir wenden uns einem erfreulicherem Thema zu. Das Feudenheimer Fußballwunder, sechs Jugendmannschaften der ASV wurden Meister. Gernot Kruse zeichnet ein Porträt des erfolgreichen Vereins."

Daher kam also das Stillleben mit gestandenen Mannsbildern. Baumer schaltete den Fernseher aus. Kremp und Griese verhaftet, in der Tat ein Knüller. Klar, dass der Termin am Morgen mit Langenbrunn geplatzt war!

Baumers Magen knurrte. Halb sieben, für das Brauhaus war es noch etwas zu früh, die Kneipe in der Uhlandstraße, genau, da war er schon lange nicht mehr gewesen. Und leckere Kleinigkeiten gab es da immer zu essen. Baumer stellte der Katze schnell noch einen gut gefüllten Napf hin. Trotz Geklappere an der Futterdose kam sie nicht angewetzt. Er rief sie durch die Gartentür, zweimal, dreimal, ungeduldig, dann siegte sein Magen. Im Briefkasten lag ein weißer Umschlag. Baumer durchzuckte es. Yvonnes Komplize wollte doch gegen elf Uhr abends anrufen. Er fischte den Umschlag aus dem demolierten Briefkasten, der Schlüssel war immer noch nicht aufgetaucht. Auf der Rückseite ein Absender, P. und G. Spitz, kein Erpresserbrief also. Er riss den Umschlag auf. Was konnten Baumers liebe Nachbarn, die Schnelldruckerei „Spitz und Söhne", denn bloß wollen? Bestimmt nichts Gutes! Er überflog den Brief.

„Namens und im Auftrag meiner Eltern teile ich Ihnen mit, dass meine Mandanten mit Besorgnis feststellen, dass das von Ihnen an der Rückwand unserer Lagerhalle gepflanzte Efeu die Mauer der Lagerhalle schädigen könnte. Sie werden hiermit aufgefordert, das Efeu umgehend zu entfernen, da es nicht nur unansehnlich aussieht, es könnte darüber hinaus auch Spät- bzw. Folgeschäden verursachen, in den Mauerritzen könnten Risse entstehen. Meine Mandanten weisen Sie darauf hin, dass Sie für alle entstehenden Schäden und Kosten in Regress genommen werden. Hochachtungsvoll Dagmar Spitz, Rechtsassesorin..“

Rechtschreibfehler! Hinten fehlte das Doppel-S! Die konnte ja nicht einmal die eigene Berufsbezeichnung korrekt schreiben! Baumer zerknüllte den Wisch und steckte ihn in die Papiertonne. Die Höhe! Von frühmorgens bis in den späten Abend herrschte Highlife in ihrer blöden Schnelldruckerei, für die Anwohner gab es Lärmbelästigungen. Immer wieder. Hatten den Baumers eine vier Meter hohe, unbeschreiblich hässliche Mauer, natürlich unverputzt, auf die Grenze gestellt, dann dieser freche Brief! Dabei konnte die Rechtsassessorin nicht einmal Efeu von Knöterich unterscheiden! Diese Familie saß im Glashaus und warf mit Steinen um sich!

Baumer angelte den zerknüllten Brief aus der Tonne, strich ihn sorgfältig glatt, legte ihn neben das Telefon. Sein Rechtsanwalt würde sich der Sache annehmen, liebe Schnelldruckerei! Lärmbelästigung bis in die späte Nacht, Verkehrsbehinderungen, wenn Papier angeliefert wird. So nicht! Als er die Autotür aufschloss, nahm Baumer sich vor, bei der nächsten Kleinigkeit die Polizei zu rufen.

26

„Soll ich dir den Crepe schon bringen?“

Die Bedienung, jung, glatte blonde Haare, etwas herbe Gesichtszüge, nicht uninteressant, stellte den roten Landwein auf den Tisch. Ganz selbstverständlich gebrauchte sie das Du. Das war anscheinend hier so üblich. Baumer nickte kauend, wollte sagen, dass es noch Zeit hätte, dass er den Nudeltopf kaum schaffte. Sie lachte, war schon wieder in Richtung Theke unterwegs, drehte sich kurz um.

„Lass dir nur Zeit!"

Irgendwie kam ihm das Lokal verändert vor. An den rohen Holztischen, altes Gestell, neue Platte, dickes Tannenholz, und den einfachen Holzstühlen konnte es nicht liegen. Die hatten sich ihm bei seinem letzten Besuch, mehr als ein Jahr war das schon her, eingeprägt. Die ausgetretenen Dielen glänzten. Auch an die riesigen, unterteilten Fenster konnte er sich erinnern, die großen Rundbögen oben. An den Fenstern hingen keine Vorhänge. Das war es. Die vorhanglosen Fenster verliehen dem Raum eine nüchterne Atmosphäre, nichts Abstoßendes, Kaltes, eher was Nüchternes zum Wohlfühlen. Seinem Platz gegenüber, Baumer saß so, dass er den Eingang im Blick hatte, befanden sich ebenfalls gemauerte, nischenartige Rundbögen. In der einen Nische wucherte ein überdimensionaler Gummibaum, ein Wirrwarr von glänzenden Blättern und Zweigen. Baumer wunderte sich, wie sich der Gummibaum so prächtig entfalten konnte. Bei ihm zu Hause mickerte so eine Pflanze traurig vor sich hin.

Von wegen eine Kleinigkeit essen! Richtiggehend geschlemmt hatte Baumer, sich den Bauch vollgeschlagen. Erst einen gebackenen Schafskäse mit Oliven und Chilischoten, mörderisch scharf, dann den Nudeltopf mit Schweinelendchen, eine Spezialität des Hauses, zum Nachtisch sollte es einen Crêpe mit Vanilleeis geben.

Erst wenige Tische waren besetzt. Baumer winkte der Bedienung, die ihm in ihren Jeans und dem Sweatshirt immer besser gefiel, und deutete auf seinen leeren Teller.

„Kommt sofort!"

Baumer lehnte sich zurück und nahm einen tiefen Schluck von dem roten Landwein.

Die Frau bei der Detektei hatte sich vielleicht angestellt!

„Tut mir leid, ich bin nicht berechtigt, über Angestellte telefonische Auskünfte zu geben. Ich habe da meine Anweisungen. Kommen Sie doch einfach morgen früh bei uns vorbei. Da lässt sich das mit Herrn Neckers einfacher klären. Ich verstehe nur nicht, warum Sie sich erst heute melden, schließlich scheint der Vorfall ja schon am Montagabend passiert zu sein."

Baumer war sich nach dem Telefongespräch jetzt auf jeden Fall sicher, dass sein City-Neurotiker mit dem getunten Golf Neckers hieß und tatsächlich bei der Detektei Falke beschäftigt war. Recht hatte die Frau am Telefon! Warum hatte er sich erst am Donnerstagnachmittag gemeldet? Und morgen, am Freitag, würde er bestimmt nicht dazukommen, einen Abstecher in die Detektei zu machen. Baumers Terminkalender war voll, und er hatte noch keine Ahnung, wie er sich mittags bei Langenbrunn absetzen konnte. Dann kam schon das Wochenende, die Rückkehr von Marianne und den Kindern, da sah es auch schlecht aus. Es hatte allen Anschein, als ob er die Reparatur seines Kotflügels aus eigener Tasche bezahlen musste. Die Kosten würde er gerne auf sich nehmen, vorausgesetzt, er kam heil aus dieser ganzen Angelegenheit heraus. Aber dieser arrogante Typ von der Detektei war schließlich schuld am Unfall, also hatte er gefälligst auch für den Schaden aufzukommen, und dass Baumer im Kofferraum Yvonne transportiert hatte, das tat ja wohl nichts zur Sache.

Das Vanilleeis war mehr Vanillesoße, der hauchdünne Crêpe schmeckte nach gar nichts. Vielleicht lag es auch daran, dass Baumer schlicht und einfach zu viel gegessen hatte. Er bestellte noch einen Roten. Neben der Theke an der viereckigen Säule war das Hinweisschild zur Toilette angebracht. Baumer machte einen kurzen Schlenker

Richtung Rundbogennische, ein verstohlener Blick, im Topf des Gummibaums war Erde, ein flüchtiger Griff an die Blätter, nur so zur Kontrolle, Plastik, eine künstliche Pflanze. Baumer hätte schwören können, dass die Pflanze echt war. Als er zurückkam, war er nicht mehr alleine am Tisch. Drei junge Punks hatten sich dazugesetzt, beachteten ihn aber nicht. Sein Glas war schon fast wieder leer. Baumer hatte sich vorgenommen, heute keine Orgie zu veranstalten, also wollte er zur Abwechslung einen Kaffee bestellen. Er winkte der Bedienung, die sich inzwischen über Arbeit nicht beklagen konnte.

„Noch einen Roten?"

„Einen Espresso."

Viertel vor neun. Alle Tische waren besetzt, nur noch vereinzelte Plätze waren frei. Wer kam, setzte sich zwanglos an einen Tisch dazu und war meist sofort in die Unterhaltungen eingeschlossen. Keine lärmende Kneipenstimmung, angeregte Diskussionen, ab und zu ein dezenter Lacher, einige Jugendliche, die nicht auffielen, ansonsten dominierte das Mittelalter, Enddreißiger, Anfangvierziger, übertriebene Gestik, Intellektuelle oder solche, die sich dafür hielten. Eine angenehme Atmosphäre, fand Baumer.

Gegenüber in der Nische, er konnte es kaum glauben, saß Hans-Georg. Er hatte den Kopf auf die Hände gestützt, starrte bewegungslos vor sich hin. Die Bedienung hatte Hans-Georg jetzt auch entdeckt. Hans-Georg hob zur Begrüßung nur kurz die Hand. Er schien Stammgast zu sein. Er schien gar nicht zu bemerken, dass ein Bierglas vor ihn hingestellt wurde. Er war in einen Zustand der Bewegungslosigkeit versunken, eine stumme Insel in einem brodelnden Meer von Geräuschen. Ruckartig packte er das Glas, setzte an, nahm einen tiefen Schluck, stellte das Glas ziemlich heftig auf die Tischplatte zurück. Hans-Georg hatte Probleme, soviel war klar. Baumer zwängte sich durch die Tische, musste hüsteln. Die Rauchschwaden, die nach oben drängten, wurden vom Rauch, der sich im oberen Drittel des Raumes breitgemacht hatte, in ihre Schranken verwiesen. Es würde nicht mehr lange dauern, bis der ganze Kneipenraum im Nebel versunken war. Seit er selbst nicht mehr rauchte, machte ihm der Rauch zunehmend zu schaffen.

Der freie Platz an Hans-Georgs Tisch wäre ihm fast noch weggeschnappt worden, aber mit sanfter Gewalt konnte Baumer eine Pummelige im gelben Spitzenkleidchen wegschieben. Fünfziger Jahre, das Kleidchen natürlich, bestimmt mit einem gestärkten Petticoat drunter, dachte er. Hans-Georg blickte nicht einmal auf.

„Das ist vielleicht ein Zufall!"

Hans-Georg reagierte nicht. Er griff mechanisch nach seinem Bier, nickte Baumer kurz zu und versank wieder in Bewegungslosigkeit.

„Am Dienstag, da sehen wir uns doch", versuchte Baumer ein Gespräch in Gang zu bringen.

„Mal sehen", kam die lapidare Antwort.

Baumer trank den Espresso, den die Bedienung ihm gebracht hatte, aus und bestellte doch noch ein weiteres Glas Rotwein, das dritte oder schon das vierte?

„Du, ich hab da eine kleine Beule im Kotflügel, nichts Weltbewegendes. Kennst du niemanden?"

Hans-Georg schaute an seinem Freund vorbei.

„Probier's mal beim Herbert. Der ist Spezialist für so Geschichten."

„Was ist denn los mit dir, Hans-Georg?"

Die Bedienung brachte den Rotwein.

„Ist das jetzt dein drittes oder viertes Glas?"

„Wenn ich das wüsste."

„Dann eben das dritte“, grinste sie und machte drei Striche auf Baumers Bierdeckel.

„Im Zweifel für den Alkoholiker.“

Baumer überlegte, ob er an seinen Platz zurückpilgern sollte, der war jedoch inzwischen von einem weiteren Jugendlichen besetzt.

„Wenn du mich fragst, da haben noch ganz andere ihre Finger drin.“

Die Grundstücksgeschäfte waren auch hier Gesprächsthema. Sollte Baumer einfach aufstehen und gehen? Und Hans-Georg und seine Probleme? Seine Bekanntschaft mit einer Yvonne? War seine Yvonne mit der toten Yvonne identisch? Und die nette Bedienung? Die war ja auch ein starkes Argument, noch zu bleiben.

„Wenn da nicht sogar unser Landesvater die Finger mit drin hat!“

„Kann ich mir nicht vorstellen.“

„Die sind doch alle korrupt!“

„Ist was mit deiner Frau? Jetzt rück schon mit der Sprache heraus, Hans-Georg!“

„Vergiss es, Schnee von gestern.“

Gerade als Hans-Georg das Glas wieder mal absetzte und in erneute Bewegungslosigkeit abgleiten wollte, stieß Baumer zu.

„Hängt es mit Yvonne zusammen?“

Von einer Sekunde zur anderen war Hans-Georg voll da. Er richtete sich auf, machte sich breit, legte die Ellbogen vor, musterte sein Gegenüber mit durchdringendem Blick. Baumer konnte diesem Blick nur einige Augenblicke standhalten, dann musste er wegschauen, dabei hatte er doch seinen Freund kalt erwischen wollen. Baumer überspielte seine Orientierungslosigkeit mit einem Grinsen und klopfte Hans-Georg auf die Schulter.

„Ein einziger großer Sumpf!“, tönte es vom Nachbartisch herüber.

„Was weißt du von Yvonne?“

Hans-Georgs Stimme wurde lauter. Die Leute am Tisch unterbrachen ihre angeregte Unterhaltung und schauten zu den beiden.

„Vielleicht mehr als du denkst.“

Baumer bemühte sich, ruhig und langsam zu sprechen, er unterdrückte seine Erregung, seine Anspannung.

„Erzähl schon, was weißt du von Yvonne?“

Hans-Georg hatte seine Frage geflüstert.

Hermann Baumer hatte das Gefühl, nach einem schweren Rennen, das ihm alles abverlangt hatte, in die Zielgerade einzulaufen, auf den letzten Seiten eines Kriminalromans zu sein. Alles war einfach, klar und plausibel. Ein Mosaiksteinchen passte ins andere. Es konnte keinen Zweifel geben. Hans-Georg war der große Unbekannte, der am Montagmorgen Yvonne umgebracht hatte.

„Du hast Yvonne auf dem Gewissen“, brachte er heraus.

Jetzt hatte Baumer doch die Beherrschung verloren, viel zu laut trug er seine Anschuldigung vor.

„Yvonne, es ist aus und vorbei“, sagte Hans-Georg.

Die Gruppe am Nachbartisch hatte jetzt ihre Gespräche ganz unterbrochen. Auch sonst kam es Baumer vor, als habe der Geräuschpegel im Lokal abgenommen. Er glaubte, stechende Blicke zu spüren. Wie auf einem Präsentierteller. Er winkte der Bedienung. Die kam angewetzt, sah Hans-Georg.

„Ist ihm nicht gut?“

„Ihm geht's beschissen, die Sache mit seiner Freundin, du verstehst.“

Die Bedienung nickte, obwohl Baumer sich nicht sicher war, ob sie eine Ahnung hatte.

„Ich zahle alles, und dann bring ich ihn nach Hause.“

Die Gespräche am Tisch setzten wieder ein, die Lautstärke kam Baumer wieder normal vor. Niemand beachtete ihn, als er Hans-Georg ins Freie dirigierte.

27

Wortlos gingen Baumer und sein Freund und Squashpartner Hans-Georg die Cannabichstraße entlang, überquerten die Käfertaler und die Kobellstraße und landeten schließlich auf der Neckarwiese unterhalb des Collini-Centers. Auf einer Bank fing Hans-Georg an zu reden.

„Mit Helga und mir, das ist schon lange nicht mehr gelaufen. Ich hab mitgenommen, was ich kriegen konnte. Helga hat das gewusst, sie war sauer, aber sie hat es akzeptiert, ach was, akzeptiert, sie hat es höchstens hingenommen. Hauptsache, nach außen hin wurde der Schein gewahrt. Die Kleine sollte natürlich nichts mitkriegen.

Die Frauen, die ich gehabt habe, waren meist Eintagsfliegen, am Abend in irgendeiner Kneipe oder Disco aufgerissen, halb besoffen ins Bett, am nächsten Morgen neben einer Fremden aufgewacht, ein gemeinsames Frühstück, wenn überhaupt, selten eine Neuauflage. Bis ich Yvonne kennengelernt habe, im Brauhaus übrigens. Sie kommt herein, ganz zerknautscht, muss schon auf Mitternacht zugegangen sein, setzt sich an die Theke, direkt neben mich, bestellt einen Espresso, fängt an zu reden, nicht so hohles Zeugs wie die Tanten, an die ich sonst gerate, mit Yvonne konnte ich mich richtig gut unterhalten, über alles Mögliche. Wir haben geredet, bis die uns rausgeworfen haben. Ich ging mit zu ihr, und dort wurde weitergequatscht. Irgendwann gegen Morgen sind wir dann eingepennt. Tagelang hab ich sie nicht mehr gesehen, ans Telefon ging sie nicht, in ihrer Wohnung habe ich sie nie angetroffen. Was sollte ich machen? Die Kneipe, meine einzige Chance. Und dann ist sie eines Abends dort wieder eingelaufen, war richtig aufgekratzt, schleppte mich von einer Kneipe in die andere. Am Schluss landeten wir wieder in ihrem großen Bett. So nach und nach wurde mir klar, dass ich nicht der einzige Mann in Yvonnes Leben war. Sie war verheiratet, tolle Partie, Zahnarzt, hatte sich von ihrem Mann getrennt, bewohnte ein kleines Appartement, traf ihn aber regelmäßig. Konnte sich angeblich nicht entscheiden oder wollte nicht, was weiß ich. Natürlich war ich eifersüchtig, kannst du dir ja vorstellen. Ich habe keine andere Frau mehr angeschaut, wäre liebend gern mit ihr zusammengezogen. Yvonne hat mich nur ausgelacht. Im März kam dann die Trennung von Helga. War ganz schön happig für unsere Kleine, die knabbert heute noch dran. Hat in der Schule mächtig abgebaut. Ich habe mir eine kleine Wohnung gesucht, meinen Job gekündigt, mich als Automechaniker selbstständig gemacht, obwohl mir klar war, dass die Sache mit Yvonne keine Zukunft haben würde, zumindest wenn ich vor mir selbst ehrlich war. Das war halt mein Spleen, dicke Kohle machen, damit wollte ich sie überzeugen. Verrückt! Aber wenn sie mir dann gegenübersaß… Am Montagabend hat sie Schluss gemacht, ist zurück zu ihrem Mann. Gestern habe ich mit ihr telefoniert. Sie wolle bei ihrem Mann bleiben, sagte sie. Ihr sei in den Monaten der Trennung einiges klargeworden."

28

Der Kanal schimmerte silbern. Es sah aus wie auf einer Kitschpostkarte. Die vielen Lichtlein aus dem Collini-Center tanzten auf der Wasserfläche, zerflossen in der Bewegung der Wellen. In Yvonnes Appartement war es dunkel. Wohl nicht mehr lange. Sicherlich war bald ein Nachmieter gefunden.

Bestandsaufnahme. Was war wichtig? Was wollte Baumer eigentlich? Ja, was wusste er denn? Waren es nicht nur Bruchstücke, kleine Mosaiksteine, die kein Ganzes ergaben? Und trotzdem hatte er sie für das ganze Bild genommen, hatte seine Schlussfolgerungen messerscharf darauf aufgebaut, Zweifel von vorneherein ausgeblendet, weil alles nahtlos ineinander zu passen schien. In seinem Kopf. Von wegen messerscharf!

Griese, DER Mörder schlechthin, ein starkes Motiv, Yvonne erpresst ihn, die berufliche Karriere steht auf dem Spiel, Ehe gefährdet. Zu verlieren hatte Griese viel. Baumers Kartenhaus war beim kleinsten Windhauch zusammengefallen. Grieses Frau hatte ihrem Mann ein Alibi verschafft. Das hatte seine Gedankengänge ins Reich der Fantasie befördert.

Hans-Georg, auch der hatte ein Motiv, weniger spektakulär als Grieses, ohne Zweifel, aber doch durch und durch klassisch, gut genug für einen Krimi. Eifersucht, der betrogene Liebhaber, der in der Extremsituation durchdreht. Nur eine Kleinigkeit hatte Baumer in der Eile übersehen: Hans-Georgs Yvonne und die ermordete Yvonne waren zwei verschiedene Personen. Hans-Georgs Yvonne war noch quicklebendig und lebte inzwischen wieder glücklich mit ihrem Mann zusammen.
Baumers Problem: Was wusste er denn von Yvonne? Er hatte sie einen Abend lang gekannt, einen Großteil davon nicht gerade in Topform. Er hatte seine Linien willkürlich montiert, die Schnittpunkte ergaben ein schiefes Bild. Wie sollte er da der Lösung des Falles näherkommen, wie sollte er Yvonnes Mörder finden? Warum sollte er überhaupt den Mörder suchen? Sollte sich doch die Polizei darum kümmern. Aber Yvonne hatte in seinem Bett gelegen, er hatte die Leiche vom Tatort geschafft, sie an einen anderen Platz geschleift, Spuren verwischt und beseitigt. War das nicht Beihilfe zum Mord? Ja, war nicht im Grunde er der Hauptverdächtige? Ein klassisches Mo-

tiv, Erpressung, Angst vor der Ehefrau, UND: Die Leiche lag in seinem Bett. Was noch? Baumer hatte Yvonne zu sich nach Hause mitgenommen, bei ihm hatte sie die Nacht verbracht, in seinem Ehebett war sie gestorben.

Wie weiter? Sollte er einfach aufhören, sollte er sich nicht weiter einmischen? In irgendeinem Winkel seines Herzens, so musste er sich eingestehen, gab es auch so etwas wie ein intellektuelles Vergnügen, eine Herausforderung, den Tod Yvonnes aufzuklären. Und weiter? Yvonnes Notizbuch enthielt Namen, meist waren es nur Vornamen, Telefonnummern, Uhrzeiten, Verabredungen. Jeder Eintrag konnte ein Hinweis in dem Mordfall sein. Sollte Baumer auf gut Glück eine Nummer anrufen, auf den Busch klopfen? Das erschien ihm sinnlos. Sollte er das Büchlein der Polizei zuspielen?

Ihr Komplize. Der hatte sie wohl mächtig unter Druck gesetzt. Ein hinterhältiger Typ. Yvonne will aus dem einträglichen Erpressergeschäft aussteigen, vielleicht noch bestärkt durch das Erlebnis mit Baumer, eine Spur von Gefühl kommt ins Spiel, ihr Macker setzt sie unter Druck, schaut am Montagmorgen bei Yvonne vorbei, er weiß ja, wo sie ist, es kommt zum Eklat. So könnte es gewesen sein.

Halt, Baumer war schon wieder kurz davor, sich in irgendeine schwachbrüstige Theorie zu verrennen. Die Erpressung! Wenn der Komplize wirklich der Täter war, warum hatte er Baumer dann am selben Tag noch erpresst? Das konnte ihm doch nur Scherereien bringen. Wollte er das riskieren? Oder fühlte er sich so sicher? War er so geldgierig, dass er das Geld auf jeden Fall mitnehmen wollte? Frechheit siegt. War er so schlau? Wer so eine läppische Erpressung startet, der muss am Tod unschuldig sein. Genial.

Baumer kam nicht weiter. Morgen würde er sich den Komplizen von Yvonne vorknöpfen. Und dann würde er ein bisschen nachbohren. Er schaute auf die Uhr. Kurz nach zehn. Noch früh am Abend. Mal richtig ausschlafen? Nicht verkehrt. Am Montag kam Marianne wieder, da konnte er noch genug ausschlafen. Die Bedienung! Aber bis die Schluss hatte! Sollte er sich so lange in der verrauchten Kneipe herumdrücken, sich auf eine ungewisse Warterei einlassen? Vielleicht ließ sie ihn ja lächelnd abblitzen. Lieber den Spatz in der Hand. Eine bestechende Logik. Janine! Bei der könnte Baumer sich mal wieder blicken lassen. Sollte er im Brauhaus nachschauen? Besser er ging gleich zu ihr nach Hause. Sie wohnte ja ganz in der Nähe, das Haus würde er bestimmt finden.

Baumer sprang von der Bank auf, lief die Treppe zur Fußgängerbrücke hoch, nahm immer zwei Stufen auf einmal, passierte das Gewerkschaftshaus, überquerte den Friedrichsring, die Ampel stand natürlich auf Rot, Polizeisirenen waren vor dem Supermarkt an der Kurpfalzbrücke zu hören. Der Buchladen war umgezogen, Wein-Ortmann stand jetzt in riesengroßen Buchstaben über dem Schaufenster. Baumer nahm sich vor, demnächst einmal hineinzuschauen. Das Nationaltheater lag linker Hand, das Brauhaus rechts. Völlig außer Atem stand er vor dem Haus, in dem Janine wohnte. Er zog die frische Mailuft in sich hinein, wartete einen Moment, drückte auf die Klingel, dann auf die Tür, die nur angelehnt war. Das Licht im Treppenhaus war defekt, Baumer hatte es vergessen. Er hastete die Treppe hoch, an Janines Arm war es lustiger gewesen. Dritter Stock, links, Baumer drückte auf die Klingel, nichts passierte. War die Klingel abgestellt? Er klopfte an die Tür, erst zaghaft, dann kräftiger. Drinnen im Gang ging Licht an.

„Ja, ja, ich bin doch kein Schnellzug."

Eine Männerstimme. Die Tür wurde aufgezogen, die Kette war vorgelegt. Ein Typ, reichlich unrasiert, quetschte den Kopf zwischen Tür und Rahmen. Dabei hatte er Probleme. Kein Wunder bei dem Stierschädel.

„Was is'n?"

Der Kerl hatte eine ordinäre Stimme, er war barfuß, ordentlich behaart auf der Brust, wenigstens Unterhosen hatte er an, wie Baumer durch den Spalt sehen konnte, ausgebeulter Feinripp.

„Wer ist denn da, Schatz?"

Janines flötendes Stimmchen.

„Sag ihr, der Hermann ist da."

„Ich soll dir sagen, der Hermann ist da."

„Einen Moment."

Der Typ verschwand an der Tür. Der Moment zog sich hin. Endlich tauchte Janine auf. Die Kette blieb vorgelegt. Mit dem Köpfchen hatte sie nicht so große Probleme wie ihr Stier.

„Das ist aber eine Überraschung. Dich habe ich nicht erwartet."

Das glaubte Baumer ihr gern.

„Kannst du vielleicht ein andermal kommen? Musst du verstehen."

„Okay, Janine, ein andermal."

„Nicht böse sein, Hermannchen."

Baumer drehte sich um und stapfte die Treppe hinunter. Von wegen Hermannchen!

29

Er war geladen. Der Reinfall mit Janine. Und, verdammt noch mal, wo war der Anfang des Fadens, an dem er die Sache mit Yvonne aufdröseln konnte? Baumer schlug die Autotür zu, nebenan wurde ein Kleinlaster beladen. Baumer schaute auf die Uhr. Kurz vor elf und immer noch Highlife. Eine Unverschämtheit, dachte er, was die sich herausnahmen. Dämliche Briefe schreiben und bis in die Puppen rumoren. Als er bei sich das Hoftor aufschloss, hörte er einen dumpfen Schlag. Es dauerte eine Schrecksekunde, bis er sich über die Ursache im Klaren war. Das Rolltor war aufgeknallt worden. Die nächtlichen Rangierarbeiten begannen. Traktor raus aus dem Hof. Wozu um alles in der Welt brauchten die bloß einen Traktor? Lieferwagen auf die Straße. Den dicken Mercedes rein in die Garage. Traktor zurück in den Hof. Lieferwagen wieder rein. Tor mit Getöse wieder zu. Baumer brachte die Nacht- und Nebelaktion durcheinander.

„Wissen Sie, wie spät es ist? In der Straße wohnen Kinder."

„Mach, dass du weiterkommst."

Einer der Druckerei-Söhne fuchtelte wild mit den Armen.

„Ich wusste nicht, dass wir per Du sind."

Baumer versuchte, ruhig zu bleiben, was ihm auch wirklich gelang. Unten ging ein Fenster auf, der Raffvorhang wurde zur Seite gerafft, unter die halb heruntergelassenen Rollläden zwängte sich ein Lockenkopf.

„Was wollen die denn, die Habenichtse?"

Die schrille Stimme der Druckerei-Tochter.

Der Vater, wie immer im Blaumann, stieg aus dem Lieferwagen und kam zögernd auf Baumer zu.

„Du Duckmäuser bleibst besser drin", sagte der Sohn und schob seinen Vater in den Lieferwagen zurück.

Und mit lautem Gedonnere fuhr das Rolltor zu. Der Porsche stand jedoch noch vor dem Tor, der Motor lief. Auf dem Balkon tauchte Verstärkung auf. Die Mutter im vorteilhaften kanariengelben Sackkleid.

„Die sollen doch im Villenviertel bauen, wenn es ihnen hier zu laut ist."

Das Tor knallte wieder auf. In was für eine Schmierenkomödie war Baumer da geraten? Vorhang auf, Vorhang zu. Der Vater hatte die Anweisung des Sohnes befolgt und saß wieder brav hinter dem Steuer des Lieferwagens. Der Sohn warf sich in den Sportwagen, ließ den Motor aufheulen, die Räder drehten durch, kein Anfahren, ein Vorwärtsschießen verbunden mit kleinen Hüpfern. Baumer konnte es kaum glauben, dass der Verrückte es schaffte, vor der Garagenwand zum Stehen zu kommen. Auf jeden Fall war es eine reife Leistung. Das erneute Zuknallen des monströsen Tores löste Baumers Erstarrung. Langsam wich seine Faszination einer grenzenlosen Wut. Was für eine Familie! Polizei, was anderes kam nicht in Frage!

„Unsere Kinder studieren alle Jura", rief die Chefin der Schnelldruckerei „Spitz und Söhne" hinter ihm her.

„In Ordnung, wir schauen da mal vorbei."

Baumer legte den Hörer auf. Die würden sich gleich wundern! In wenigen Minuten stand die Polizei vor der Haustür. Die Polizei! Was hatte er nur angerichtet! Die Polizei anrufen! Ausgerechnet er! War er denn total übergeschnappt?

Der Streifenwagen ließ sich Zeit. Auf dem Nachbargrundstück kehrte Ruhe ein. Es war halb zwölf, als es endlich klingelte. Zwei Polizisten in Uniform standen vor Baumers Hoftor.

„Tut uns leid, aber wir konnten keine Lärmbelästigung ausmachen."

„Bis vor wenigen Minuten war da der Teufel los."

„Das kann ja sein, aber im Moment lässt sich nichts feststellen."

„Pech gehabt, kann man nichts machen."

Baumers Wut war verraucht, einer leichten Beklemmung gewichen. Er wollte die Polizisten möglichst schnell wieder loswerden. Blödsinn, was sollten diese zwei kleinen Lichtlein über einen unaufgeklärten Mord, in den er verwickelt war, wissen?

„Sie können schon was machen. Anzeige erstatten, aber da müssen Sie zu uns auf die Wache kommen."

„Um die Zeit?"

Die beiden Polizisten lachten.

„Morgen natürlich."

Drinnen klingelte das Telefon.

„Ihre Personalien müssen wir noch aufnehmen. Reine Routine, Sie haben uns schließlich alarmiert."

Baumer ließ die Prozedur, die sich in die Länge zog, über sich ergehen. Selbst seinen Vornamen musste er buchstabieren.

„Mit einem oder mit zwei R?"

Das Telefon gab Ruhe, klingelte kurze Zeit später wieder.

„Ein schöner Abend noch."

Baumer konnte nicht einmal mehr über den Mannheimer Akkusativ grinsen. Im Wohnzimmer trank er einen doppelten Cognac. Was für ein Abend! Er ließ sich in den Schaukelstuhl plumpsen, den Cognac-Schwenker hatte er wieder gefüllt. Zehn nach halb zwölf. Schon so spät? Und wenn Yvonnes Exkomplize nicht mehr anrief?

War die Nacht schon vorbei? Schaukelstuhl, Wohnzimmer, Cognac-Schwenker, Baumer kippte den Cognacrest hinunter. Das Telefon! Er schaute auf die Uhr. Mitternacht lange vorbei.

„Soll das ein Witz sein? Seit über einer Stunde versuche ich, Sie anzurufen."

Baumer murmelte was von Ärger mit den Nachbarn, Lärmbelästigung.

„Was ist mit dem Geld?"

„Ich besorge es morgen."

„Zwanzigtausend, ich verlasse mich darauf, sonst wird es ungemütlich für Sie. Morgen 13 Uhr, Wasserturm. Sie gehen die Stufen hoch, die zur Augustaanlage führen, oben, genau in der Mitte, befindet sich ein Abfalleimer, da hinein werfen Sie den Umschlag mit dem Geld, um Punkt 13 Uhr, haben Sie mich verstanden? Sie verschwinden dann, auf dem gleichen Weg, wie Sie gekommen sind in Richtung Rosengarten. Versuchen Sie ja keine Tricks!"

VI
Offensive

30

Der Rasen um den Wasserturm lag verlassen in der Mittagssonne. Vorbei waren die Zeiten, in denen Jugendliche auf dem Rasen in der Sonne dösten, Kinder kreischend auf dem Rasen herumpurzelten, Frauen, mit und ohne Kopftuch, ihre Decken ausgebreitet hatten, in Gruppen zusammensaßen, sich laut gestikulierend unterhielten, ab und zu ein Blick zu den Kleinen, ein strenges Wort, wenn sie allzu übermütig wurden, ein erschrecktes Aufspringen, wenn die Kinder dem Wasserbecken zu nahe kamen.

„Zum Glücken haben wir in Mannheim den kommunalen Ordnungsdienst", hatte ein Kommentator im Rhein-Neckar-Anzeiger geschrieben. „Der sorgt dafür, dass die Wasserturmanlage, dieses einzigartige Schmuckkästchen, nicht entweiht wird."

Das Leben spielte sich geregelt auf den Wegen und den Bänken ab. Spaziergänger flanierten durch die Anlage, Angestellte aus den Büros der Umgebung ließen sich von der Maisonne wärmen. Und auf einer Bank rund um die Anlage hatte sich eine Gruppe Stadtstreicher niedergelassen, eingekreist von Plastiktüten. Zweiliterflaschen machten die Runde. So schlecht schien der Schauplatz zur Geldübergabe nicht gewählt. In dem Gewimmel ließ es sich leicht untertauchen. Und Baumer hatte nicht vor, sich an die Anweisungen des Erpressers zu halten.

Es war gar nicht so einfach gewesen, Langenbrunn davon zu überzeugen, dass er heute Nachmittag freinehmen musste. Die Masche mit der Polizei hatte schließlich gezogen.

„Wissen Sie, Herr Langenbrunn, es gab heute Nacht Ärger mit den Nachbarn, Schnelldruckerei, Sie verstehen, Ruhestörung nachts nach dreiundzwanzig Uhr, ich musste die Polizei rufen, Anzeige erstatten, heute Mittag muss ich auf der Polizeiwache meine Aussage zu Protokoll geben."

Zähneknirschend hatte Langenbrunn nachgegeben. Auf das Pausenspielchen mit seinem Kollegen Hubert wollte Baumer aber nicht verzichten. Jeden Freitag von zwanzig vor bis viertel nach zwölf ist der Kampf um Tipp-Kick-Punkte angesagt. An seine letzte Niederlage gegen Hubert konnte Baumer sich beim besten Willen nicht mehr erinnern.

„Irgendwann muss diese Pechsträhne doch zu Ende gehen", meinte Hubert jeden Freitag zu Beginn der Mittagspause. Heute war nicht dieser Tag. Und die Krönung: Baumer erzielte ein lupenreines Eckballtor, traf von der Ecke mit Effet in den Torwinkel.

Die Grundstücksschiebereien waren im Architekturbüro das Thema des Vormittags, es wurde heiß diskutiert. Kremp war überraschend schnell wieder auf freien Fuß gesetzt worden, gegen Zahlung einer stattlichen Kaution, wie es im Zeitungsartikel hieß. Die Höhe der Kaution wurde verschwiegen. Der Sprecher der Stadtverwaltung gab die vorläufige Freistellung Grieses während des laufenden Verfahrens bekannt. Die Staatsanwaltschaft war in der Zwischenzeit dabei, das Amt für Grundstückswesen und einige weitere nicht näher bezeichnete städtische Ämter genauestens unter die Lupe zu nehmen, mit Durchsuchungsbefehl, verstand sich. Grieses Verteidiger griff die Freistellung in scharfer Form an. Langenbrunn ließ sich wieder ausführlich über die, wie er sagte, kriminellen Ausschreibungen der BABAG aus. Die anderen Kollegen kommentierten die Haftentlassung des BABAG-Chefs.

„Typisch, die Großen lässt man laufen."

„Hast du denn etwas anderes erwartet?"

Baumer hielt sich in allen Gesprächen vornehm zurück, zu gerne hätte er seine Rolle in diesem Skandal herausgestellt, schließlich war er doch derjenige, der das Tempo entscheidend beschleunigt hatte. Er verzichtete jedoch mit guten Gründen auf die Befriedigung seiner Eitelkeit.

Zwanzig vor eins. Von Yvonnes Ex-Komplizen war weit und breit nichts zu sehen. Der erschien bestimmt erst Punkt eins auf der Bildfläche. Aber Baumer wusste nicht, ob er nicht aus einem sicheren Versteck heraus den Übergabeplatz im Blick hatte. Einen Plan hatte er sich nicht zurechtgelegt. Er wollte abwarten, vielleicht ergab sich eine Gelegenheit. Eine Gelegenheit wozu? Baumer wollte den telefonischen Anweisungen folgen, den Umschlag in den Papierkorb werfen und in Richtung Kongresszentrum verschwinden. Aber es würde kein endgültiger Abgang werden. Im Schutz der Bäume und der Menschen wollte er versuchen, die Spur des Erpressers aufzunehmen.

Yvonnes Telefonbüchlein hatte er durchforstet, wieder und wieder, hatte gehofft, einen Anhaltspunkt, einen Hinweis auf ihren Komplizen zu finden. Der Name Tim tauchte des Öfteren im Kalendarium auf. Tim konnte auch ein Freier, ein Kunde sein. Oder doch Yvonnes Geschäftspartner? Für die zweite Annahme sprach, dass der Name Tim auch am Sonntag, dem Tag vor Yvonnes Ableben, auftauchte. Ableben, wie sich das anhörte. Im Telefonregister von Yvonnes Büchlein hatte Baumer einen Tim unter dem Buchstaben „G“ gefunden. Seine Versuche, ihn telefonisch zu erreichen, waren erfolglos geblieben.

Kurz vor eins. Baumer schlenderte in Richtung Übergabepunkt. Unauffällig drehte er sich um. Nichts zu sehen. Eine Frau stand mit einem Kinderwagen oben auf den Stufen am Ausgang zur Augustaanlage.

„Können Sie mir bitte helfen?“

Gerade im günstigsten Augenblick! Baumer tat, als hätte er nichts gehört.

„Einen Augenblick, bitte."

Die Frau ließ nicht locker. Baumer hastete nach oben und packte an der Vorderachse an. Der Kinderwagen hatte ein teuflisches Gewicht, Netz und Ablage unter dem Wagen waren mit Konserven und Weinflaschen vollgestopft. Vor lauter Anstrengung kam er nicht dazu, sich nochmals und in aller Ruhe umzuschauen. Bei der letzten Stufe kam Baumer leicht ins Stolpern, fing sich aber gerade noch.

„Passen Sie auf, das Kleine", fuhr die besorgte Mutter ihren Helfer an. Der setzte den Kinderwagen unsanft ab und rannte grußlos die Treppe hoch.

Punkt eins! Im Laufen fummelte Baumer den Briefumschlag aus der Jackentasche und stopfte den mit Zeitungsschnipseln gefüllten Umschlag in den grünen Abfallkorb. Schnell ging er wieder die Stufen nach unten, drehte sich einmal um, es war nichts zu sehen. Er bog nach links in Richtung Kongresszentrum ab, ging zur Ampel am Rosengarten vor und stellte sich in eine Gruppe Wartender. Als die Ampel umsprang, duckte er sich und rannte im Schutz der Hecken zurück. Die erste Bank in der Nähe des Übergabepunktes, idyllisch in einer Nische gelegen, die Hecke akkurat gestutzt, war belegt. Die Stadtstreicher mit ihren Zweiliterflaschen. Die nächste Bank war frei. Die Hecke bot einen gewissen Schutz, behinderte jedoch auch den Blick nach oben. Wenn Baumer seinen Hals extrem lang machte, konnte er den Abfallkorb gerade noch sehen. Da der Erpresser verlangte, dass er sich in die angegebene Richtung entfernte, nahm er an, dass Yvonnes Komplize nicht aus der Wasserturmrichtung auftauchen, sondern aus der Augustaanlage kommen und auch dort wieder verschwinden würde.

„Kumpel, trink einen Schluck."

Ein Stadtstreicher von undefinierbarem Alter, lange Haare, struppiger Bart, von Grausträhnen durchzogen, auf der Stirn eine frische Platzwunde, hielt Baumer eine Rotweinflasche hin. Der schob die Flasche zur Seite und schüttelte den Kopf.

„Sag's doch gleich, Kumpel, was Härteres, hier."

Er zog einen Flachmann aus seiner dicken, speckigen Winterjacke und versperrte Baumer den Blick auf den Abfallkorb. Baumer, sichtlich genervt, rückte zur Seite, um den Blick freizubekommen.

„Kannste mir mal fünf Euro pumpen? Kriegste auch wieder zurück, Ehrenwort."

Der Typ nervte. Da Baumers Standort nicht allzu günstig war, musste er wie ein Luchs aufpassen, um den Erpresser zu entdecken und von ihm selbst nicht gesehen zu werden. Er packte den Stadtstreicher an der Schulter, wollte ihn zu seinen Kollegen zurückschieben. Das erwies sich als ein Fehler. Der Stadtstreicher reagierte blitzschnell, schüttelte Baumers Hand ab, griff sich mit der Flaschenhand an den Hals, ging in die Knie und schrie los. Sofort war Baumer umkreist, sechs oder sieben Stadtstreicher, dicke Wolljacken an diesem sonnigen, warmen Maitag, wirre Haare, zerschlagene Gesichter, fehlende Zähne, Schnapsatem, allesamt kaputte, bedauernswerte Typen, klar, arbeitslos, Frau weg, Wohnung futsch, aber im Moment war Baumer das vollkommen egal. Der Kreis zog sich enger. Schweiß stand ihm auf der Stirn. Wie kam er bloß ungeschoren aus dieser bedrohlichen Situation heraus? Geballte Fäuste, verzerrte Gesichter. Der Typ mit der Rotweinflasche, den er nur leicht berührt hatte, stöhnte immer noch.

„Euer Freund hat mich um fünf Euro angehauen, und die will ich ihm jetzt geben."

Dem Rotweinhalter ging es schlagartig besser, er

drückte einen Kumpel zur Seite, streckte Baumer seine Hand entgegen. Der zog seinen Geldbeutel aus der Tasche.

„Kann auch ein Zehner sein."

Baumer drückte ihm zehn Euro in die Hand, verschaffte sich mit dem Ellbogen Platz und suchte das Weite. Der Kreis schloss sich sofort wieder, dieses Mal um Baumers Rotwein- und Flachmann-Freund.

Ein Arm griff in den Abfallkorb. Hellbeiger Stoff, leichter Stich ins Gelbliche. Am Arm hing ein Mantel, ein Popelinmantel Marke Dick Tracy. Ein dunkelbrauner Hut mit hellbeigem Band, exakt in der Mantelfarbe. Baumer entdeckte im letzten Moment Yvonnes Komplizen. Zum Glück war der so extravagant ausstaffiert! Der Dick Tracy-Verschnitt überquerte den Zebrastreifen und verschwand in der Augustaanlage. Er drehte sich kein einziges Mal um. Anscheinend fühlte er sich absolut sicher. Wenn er jetzt in ein Auto stieg! Er stieg in kein Auto, sondern marschierte weiter, immer geradeaus, bog rechts ab, überquerte die Straße ziemlich schräg, die Ampel stand auf Rot. Er steuerte auf eines der Häuser zu, ein imposanter Bau aus der Gründerzeit, großzügig gestalteter Eingangsbereich, viel heller Sandstein, neu hergerichtet, eine schwere, verzierte Eichentür. Er zog einen dicken Schlüsselbund aus der Hosentasche, Baumer glaubte, das Klappern auf die Entfernung zu hören. Er wartete noch an der Ampel auf der anderen Seite, der Schlüssel wurde herumgedreht, Dick Tracy von der imposanten Haustür verschluckt. Baumer geduldete sich eine weitere Ampelphase, überquerte dann die Straße, schlenderte zum Haus und riskierte einen Blick durch die Türscheibe. Er sah eine sauber und elegant wirkende Eingangshalle, viel polierter, glänzender Stein, Marmor, Yucca-Palmen, ein Ficus Benjamini, Farne, ein Fahrstuhl, dessen Alutür so gar nicht zur Gediegenheit der Halle passte. Die vielen Klingelschilder waren einheitlich gestaltet, schwarze Schrift auf weißem Plastik. Ganz oben sprang ihm ein Tim Gräber entgegen. Baumer wollte gerade auf den Klingelknopf drücken, als die Tür aufging und eine Frau herauskam, Pagenfrisur, stark geschminkte Lippen. Er nutzte die Gelegenheit und huschte ins Haus.

31

Der erste Schlag kam unerwartet, mit einer Wucht, die Tim Gräber umwarf. Er knallte mit dem Hinterkopf an den Türrahmen, spürte einen stechenden Schmerz. Das Klingeln an der Wohnungstür, Gräber hatte einen Blick durch den Spion geworfen, hatte niemanden gesehen, es hatte wieder geklingelt, langanhaltend, er öffnete die Tür, beugte sich hinaus. Die Faust traf ihn direkt auf die Kinnspitze. Gräber griff sich an den Hinterkopf. Der nächste Schlag traf ihn voll in den Magen. Er kippte nach vorne und bekam keine Luft mehr. Sein Blick fiel auf seine Hand. An der Hand war Blut. Der Revolver! Der Revolver in seiner Manteltasche! Wo war der Mantel? Gräber torkelte zur Garderobe, klammerte sich am Mantel fest, streckte die Hand aus. Die Manteltasche war zum Greifen nah. Gräber fiel zu Boden, der Mantel glitt ihm aus den Händen.

„Wo sind die Fotos?"

Gräber reagierte nicht. Die Stimme war weit weg, so weit weg, was hatte sie mit ihm zu tun?

„Die Fotos!"

Yvonnes Komplize deutete mit dem Kopf in Richtung Wohnzimmer. Etwas Hartes, Kaltes drängte ihn den Flur entlang, zwang ihn, sich in den Sessel fallen zu lassen.

„Die Fotos!"

„In der Schreibtischschublade."

Gräber hörte weit entfernt ein Poltern, die Schreibtischschublade.

„Schau mich an!“

Er kniff ein Auge zusammen, konzentrierte sich höllisch. Alles, was er sah, war verschwommen. Langsam lichtete sich der Nebel. Und er sah die Hand mit dem Revolver, gestochen scharf. Der Revolver, der auf ihn gerichtet war! Mit einem Schlag war er wach, vergessen die blutende Wunde am Hinterkopf, die Schmerzen.

„Yvonne wollte aussteigen, Schluss machen mit diesen miesen Erpressergeschäften. Und das hat dir überhaupt nicht geschmeckt, wo es doch gerade im Augenblick so wunderbar lief. Stimmt's?“

Gräber nickte leicht, mehr eine Andeutung.

„Und dann hast du sie am Montagmorgen über die Klinge springen lassen, eiskalt, ein Kinderspiel. Stimmt‘s?“

Gräber schüttelte den Kopf. Der Lauf des Revolvers kam näher, berührte seine Backe.

„Du bist verrückt, übergeschnappt“, wollte er dem Mann, der den Revolver in der Hand hielt, entgegen schreien. Jetzt erkannte Gräber den Mann. Es war Yvonnes letzter Kunde. Der Typ, von dem Gräber die Fotos bekommen hatte.

„Du hast Yvonne ermordet, du hast sie ermordet. Gib's doch endlich zu.“

Ein Hustenanfall schüttelte Gräber. Ein Hustenanfall, die wie ein Nicken aussah. Der Druck an der Schläfe war plötzlich weg.

„Ich habe es doch gewusst. Warum nicht gleich so!“

Gräber spürte auf seiner Brust einen kleinen Stoß mit dem Lauf des Revolvers. „Einen Tipp unter Freunden habe ich noch für dich.“

Die Stimme war jetzt wieder weit weg.

„Lass dich eine Zeit lang hier nicht mehr sehen! Mach die Flatter!“

32

Lene fiel fast über Baumer her. Ihr Schreien hatte einen vorwurfsvollen Unterton. Er versuchte, sie zu besänftigen, strich ihr über das Fell, sie stellte den Schwanz und lief zum peinlich sauber ausgeleckten Futternapf. Baumer ging in die Speisekammer, um eine Dose Katzenfutter zu holen. Gähnende Leere in der Katzenecke. Baumer schaute auf die Uhr. Viertel nach acht. Am Samstagmorgen öffnete der Supermarkt um acht. Also, schleunigst los. Das Frühstück bei Janine war kurz und dürftig gewesen. Ein Rest Marmelade, Margarine und zwei Scheiben Mischbrot, schon leicht angetrocknet. Janine einsilbig, kaum ansprechbar am Morgen, muffig wie nach zehn ausgelutschten Ehejahren, ganz anders als am Abend vorher. Ihre Freude über Baumers Anruf am Nachmittag schien echt, das Abendessen bei Kerzenschein nahm er gerne in Kauf, in dieser Nacht hatte er bis weit nach Mitternacht kein Auge zugetan. Das Erwachen kurz vor sieben war mehr als unsanft gewesen.

„Aufstehen, Hermann, ich muss zur Arbeit!"

Es folgte das karge Frühstück, Baumers schneller Abgang, sein letzter bei Janine, nahm er sich vor. Und außerdem würde ja Marianne bald zurückkommen.

Lene hatte sich an seinem Hosenbein festgekrallt, sie kam nicht mehr los, fauchte, und Baumer spürte ihre scharfen Krallen. Er versuchte, sie vorsichtig loszumachen, was gar nicht so einfach war, weil die blöde Katze wie verrückt strampelte.

„Ein klein wenig musst du dich noch gedulden, dann gibt es was zu fressen."

Er holte von der Kellertreppe die Jutetasche, schob Mariannes Fahrrad aus dem Schuppen, klemmte den Fahrradcomputer fest und drückte die beiden Tasten so lange, bis die Tageseinstellung auf Null zeigte. Vor dem

Besuch bei Janine war er noch zur Polizeidienststelle gehetzt und hatte die Anzeige gegen die Schnelldruckerei aufgegeben. Der diensthabende Beamte hatte mehrere Versuche unternommen, Baumer von der Anzeige abzubringen.

„Führt doch zu nichts, verläuft nur im Sand, am Ende kriegen Sie Ärger, glauben Sie mir, die Tochter ist bei Gericht angestellt, das haben schon andere vor Ihnen versucht."

Baumer blieb jedoch stur. Außerdem sollte der Polizist ruhig die Anzeige formulieren und tippen. Er tat sich schwer damit. Am liebsten hätte Baumer selbst in die Tasten gegriffen. Janine wartete auf ihn.

Baumer lehnte das Fahrrad gegen die Hauswand und wollte das Hoftor abschließen, als ihm Frau Krüger von gegenüber zuwinkte.

33

Das Gespräch mit Frau Krüger am Morgen hatte Baumers Planungen auf den Kopf gestellt. Anstatt mit dem Fahrrad zum Supermarkt zu fahren, hatte er die Autoschlüssel geholt und sich auf den Weg nach Frankfurt gemacht. Jetzt war es 19.30 Uhr, Baumer war auf dem Rückweg, befand sich auf der A 67 von Frankfurt in Richtung Mannheim, gerade passierte er das Autobahnkreuz Darmstadt. Um zwanzig Uhr machte der Penny in Wallstadt zu. Und für Lene hatte er noch nichts eingekauft. Im Notfall musste er Fleisch aus der Kühltruhe nehmen, in der Mikrowelle auftauen und dem Raubtier servieren.

Frau Krüger hatte ihm von einem Besuch in seinem Haus erzählt, ja, ganz sicher, am Montagmorgen. Ein eleganter Herr. Ein dunkelblaues Auto parkte in der Straße um die Ecke, sehr nobel, keine Nummer von hier. Die

Beschreibung von Frau Krüger, Baumers aufmerksamer Nachbarin, so vage sie auch war, passte auf Griese. Griese am Montagmorgen doch in Mannheim, in Baumers Haus, nachdem eine Frau im weißen Bademantel ihn hereingelassen hatte. Dabei hatte Grieses Frau am Telefon behauptet, ihr Mann sei in Frankfurt auf einer Tagung gewesen. Und Baumer hatte diese Aussage unreflektiert geschluckt und Griese aus seinen weiteren Überlegungen gestrichen. Was war er doch für ein Dilettant!

Griese. Er hatte ein starkes Motiv, er hatte die Gelegenheit. Und die Beweise? Die Aussage einer neugierigen, vertratschten alten Frau. Beweise? Nicht noch einmal wollte Baumer sich auf pure Verdächtigungen, unklare, doppeldeutige Aussagen verlassen, er wollte sichergehen, handfeste Beweise vorfinden. Also, zurück mit dem Fahrrad in den Schuppen, um Lene hatte es ihm leid getan, aber es musste sein.

Die erste Station seiner Frankfurt-Tour führte Hermann Baumer in die Mannheimer Oststadt. Eine mit Schiefer verkleidete alte Villa, ein großer verwilderter Garten, die OEG-Linie, die dicht am Zaun vorbeiführte. Frau Griese machte einen gefassten Eindruck. Unter der Oberfläche brodelte vielleicht eine Spur von Unruhe, die als Zerstreuung kaschiert wurde.

„Ich habe doch der Polizei schon alles gesagt."

Sie hatte nur einen flüchtigen Blick auf Baumers abgelaufenen Metro-Ausweis geworfen, den er ihr als Polizeilegitimation hingehalten hatte, den Metro-Aufdruck mit dem Daumen verbergend.

Die Masche mit dem Metro-Ausweis hatte gestern schon reibungslos bei Yvonnes Arzt geklappt. Und dessen Ausführungen waren mehr als aufschlussreich gewesen.

„Frau Dolling", hatte der Arzt ausgeführt, „nimmt

Concor 5 ein, Betablocker. Bei der Einnahme einer Überdosis dieser Tabletten hört das Herz irgendwann schlicht und einfach auf zu schlagen. Welche Menge nötig ist, das kann ich Ihnen beim besten Willen nicht sagen. Das hängt von zu vielen Variablen ab, Konstitution, Verträglichkeit, persönliche Befindlichkeit."

Der Arzt hatte sich äußerst kooperativ gezeigt. Yvonne litt an Herzrhythmusstörungen, die medikamentös nicht in den Griff zu kriegen waren.

„Frau Dolling rief mich am Montagmorgen ganz früh an. Ich teilte ihr mit, dass ein kleiner operativer Eingriff unter Umständen nötig wäre".

Der Arzt beschrieb Yvonnes Zustand als leicht depressiv, konnte sich jedoch keinen Selbstmord vorstellen.

„Frau Dolling war eigentlich nicht so ein Typ."

Frau Griese war am Morgen ziemlich schnell aus der Haut gefahren.

„Natürlich war mein Mann in Frankfurt, das ganze Wochenende. Losgefahren ist er am Samstag gegen Mittag, zurückgekommen ist er am Montagabend, so gegen halb acht. Mit dem Zug war er unterwegs, das macht er immer, wenn er auf Dienstreise ist. Da kann er sich vorbereiten, kommt in keinen Stau, kann sich erholen. Aber was sollen denn diese Fragen? Was hat das mit den Anschuldigungen gegen meinen Mann zu tun?"

Eine zurückhaltende, zarte Frau, der die Karriere ihres Mannes am Herzen lag, die in diesen Tagen mit ihm litt.

„Vielleicht stimmt es ja doch, dass mein Mann noch dieses Wochenende wieder freigelassen wird. Wissen Sie da nicht Bescheid?"

Baumer war überrascht, ließ sich jedoch nichts anmerken. Nachdem ihm Frau Griese die Adresse des Hotels in Bad Soden, in dem ihr Mann gewohnt hatte, und die Anschrift des Tagungsortes gegeben hatte, verabschiedete er sich freundlich und spurtete zu seinem Wagen zurück, den er um die Ecke an der OEG-Linie geparkt hatte.

Die zweite Station der Frankfurt-Tour hatte das Hotel Rheinischer Hof in Bad Soden zum Ziel. Vorbei an der Sternwarte, Autobahn Richtung Frankfurt, Abfahrt Frankfurt-Höchst, es war ein Katzensprung nach Bad Soden. Das Hotel in der Nähe des Kurparks fand Baumer auf Anhieb. Ein imposantes älteres Gebäude, zurückhaltend renoviert, ockergelb, im Erdgeschoss Rundfenster, ein moderner Anbau, der sich harmonisch einfügte. Die Stuckdecke im weitläufigen Empfangssaal war reich verziert. Der Portier zeigte sich von seiner zuvorkommenden Seite.

Herr Griese habe in ihrem Etablissement, er gebrauchte wirklich diesen Ausdruck, übernachtet, von Samstag bis Montagnachmittag. Gegen halb sechs habe er seine Rechnung bezahlt, jawohl, Herr Griese persönlich. Natürlich kenne er ihn, Herr Griese steige immer bei ihnen ab, wenn er in Frankfurt zu tun habe. Ein freundlicher, älterer Herr. Am Montagmorgen habe allerdings sein Kollege Dienst gehabt. Nein, der sei im Moment nicht im Hause, aber er könne ihm seine Privatanschrift geben. Nein, er könne ihm wirklich nicht sagen, wann Griese am Montagmorgen das Hotel verlassen habe. Aber die Auskünfte bekäme er sicherlich bei seinem Kollegen.

Die Anfahrt zur dritten Station wurde für Hermann Baumer zur Geduldsprobe. Verdichteter Verkehr, immer mal wieder Schritttempo, dann Stillstand. Zufällig kam er am Kongresszentrum vorbei und versuchte dort sein Glück. Es konnte ja sein, dass Griese von dort aus mit Yvonne Kontakt aufgenommen hatte, oder, was wahrscheinlicher war, dass Yvonne sich bei Griese gemeldet hatte. Mit dem Empfangschef hatte Baumer Glück, er hatte auch am Montag Dienst gehabt, und er konnte sich gut an Griese erinnern, der an mehreren Tagungen teilgenommen hatte und immer sehr freundlich gewesen war. Herr Griese sei erst am Montagmittag zur Tagung gestoßen, die genaue Uhrzeit könne er nicht angeben, es sei auf jeden Fall nach der Mittagspause gewesen. Er sei sich ganz sicher, dass Griese nicht am Morgen erschienen sei. Der Tagungsleiter habe sich nach Griese erkundigt, der einen Beitrag für den späten Vormittag übernommen hatte und fehlte. Nein, Herr Griese machte keinen verstörten Eindruck, als er gegen Mittag zur Tagung stieß.

Um einen weiteren Trip durch Frankfurt kam Baumer nicht herum. Die Pfingstweidstraße am Zoologischen Garten fand Baumer schneller als erwartet. Es war ein unscheinbares Mietshaus, das Treppenhaus war in solidem Zustand, die vorgelegte Kette, die Frau mit Lockenwicklern im Haar, ihr ängstlicher Blick auf den vermeintlichen Polizeiausweis, das Kindergeplärre im Hintergrund.

„Nein, mein Mann ist nicht da, tut mir leid, auf dem Schießplatz, Strahlenberger Weg, Sie wissen nicht, wo das ist? Andere Mainseite, nicht weit von hier, am besten über die Deutschherrnbrücke, nicht zu verfehlen."

Es war möglich, dass sie Recht hatte, da Baumer jedoch die Deutschherrnbrücke verfehlte, konnte er den Wahrheitsgehalt ihrer Auskunft nicht nachprüfen. Vielleicht sollte er doch auf Mariannes Wunsch eingehen, die von ihrem Mann verlangte, endlich ein Navigationsgerät anzuschaffen. Vor der Alten Brücke stand Baumer erst einmal wieder im Stau, orientierte sich auf seinem Stadtplan falsch und landete am Bahnhof-Süd. Nach mehrmaligem Nachfragen und Nachschauen auf dem Stadtplan rollte er über den Strahlenberger Weg, der, weiß Gott, ein Weg war. Der Schützenstand war nicht zu überhören. Und der

Portier nicht zu übersehen. Von der angeblichen Gemütlichkeit der Dicken hatte er nichts an sich.

„Natürlich kenne ich Herrn Griese. Leid tun kann einem der arme Mann. Ich habe die Zeitung gelesen. Eine Unverschämtheit!“

Baumer musste sich etwas gedulden, denn der Portier legte seine Pistole an, zielte lange und drückte endlich ab. Er drückte auf einen roten Knopf vor sich, die Zielscheibe kam angeschnurrt.

„Nur eine Sieben, Sie stören mich in der Konzentration.“

Baumer entschuldigte sich, aber es müsse sein, zumal alles zur Entlastung von Herrn Griese geschehe.

Viertel vor neun sei Herr Griese zur Rezeption gekommen und habe seinen Schlüssel abgegeben, erinnerte sich der Portier. Dann habe sei Handy geklingelt. Nach dem Anruf sei er zur Rezeption zurückgekommen, er habe einen etwas beunruhigten Eindruck gemacht und dringend einen Wagen benötigt. Herr Griese wisse, dass er sich auf ihn verlassen könne. Wohin die Fahrt gehen sollte, konnte der Portier nicht sagen, auch nicht, wann Griese zurückgekommen war. Anscheinend war er direkt im Kongresszentrum aufgetaucht. Den Wagen hatte Griese persönlich bei der Autovermietung zurückgegeben. Baumer schrieb sich die Adresse auf und machte, dass er aus dem Inferno des Schützenstandes herauskam.

Die letzte Station auf seiner Frankfurtrallye führte Baumer zu der Autovermietung. Dunkelblauer Mercedes mit Frankfurter Kennzeichen, gefahrene Kilometer, Rückgabezeit, alles passte nahtlos ineinander. Kurz nach neun hatte Griese den Benz in Empfang genommen, viertel vor zwölf wieder zurückgegeben. Alles kam hin.

„Wir unterbrechen unser Musikprogramm für eine Verkehrsmeldung: Auf der A 67 kommt es in Höhe von Zwingenberg zu erheblichen Verkehrsbehinderungen infolge eines Auffahrunfalles. Wir bitten die Autofahrer, die Umleitung über die Bundesstraße B3 zu nehmen."

Baumer trat auf die Bremse, setzte den Blinker und fuhr auf den Parkplatz. Er stellte den Motor ab und das Radio aus, schloss die Augen und lehnte sich zurück. Es gab keinen Zweifel mehr. Griese hatte Yvonne umgebracht.

Sein Wissen war so tot und nutzlos wie die tote Yvonne. Hermann Baumer hatte einen Mörder, wunderschön auf dem Tablett, und konnte ihn niemandem servieren. Hermann Baumer hatte einen Mörder ganz für sich allein. Griese, sein persönlicher Mörder. Ein Mörder, der wegen einer Lappalie im Knast saß. Jeder Hinweis an die Polizei, und wäre er noch so anonym, würde unweigerlich die Spur auch in Baumers Richtung lenken. Griese hatte Yvonne in Baumers Schlafzimmer getötet, gefunden wurde die Leiche an einer ganz anderen Stelle. Und Griese hatte sie im Schlafzimmer zurückgelassen. Das würde er in jedem Fall der Polizei aussagen. Und dann war Baumer dran. Vertuschung eines Mordes, Vernichtung von Beweismaterial, anonyme Briefe in der Grundstücksaffäre, Erpressung, schwere Körperverletzung. Und was erst Marianne dazu sagen würde! Nicht auszudenken!

Nutzloses, totes Wissen. Wenn Baumer wenigstens an Griese herankommen, ihm ins Gesicht sagen könnte, dass er Yvonne auf dem Gewissen habe. Wahrscheinlich würde Griese ihn auslachen. Verdammt, der Kerl sollte seine verdiente Strafe bekommen, und Baumer sah keine Möglichkeit. Verdiente Strafe? Was verdiente er? Baumer legte den Kopf auf das Lenkrad. Kurz darauf klopfte es an die Fahrerscheibe. Er fuhr hoch, versuchte, das Gesicht an der Scheibe wegzuwischen. Ein riesiger Mund öffnete sich, gelbbraune Zähne tauchten vor Baumer auf.

„Ist Ihnen nicht gut?"

Baumer fuchtelte mit den Armen und tippte auf den Fensterheber.

„Lassen Sie mich in Ruhe!"

Dann drehte er den Schlüssel, ließ den Motor aufheulen.

„Ich wollte doch nur helfen", sagte der Typ, der mindestens zwei Meter groß und bullig bis fett war, der dunkelblaue, ölverschmierte Latzhosen trug. Die Reifen drehten durch, der Mann machte einen erstaunlich schnellen Satz zur Seite. Baumer sah nicht in den Rückspiegel.

Vor Zwingenberg wurde der Verkehr dichter, zähflüssiger, aber es ging trotzdem vorwärts. Der angekündigte Stau blieb aus. Das Schlimmste schien vorüber zu sein. Baumer sah drei dicht ineinander verkeilte Autos und zwei Polizeiwagen, ein Abschleppwagen war gerade an der Unfallstelle eingetroffen.

„Auf den OB wächst der Druck. Was wusste er von den Grundstücksschiebereien? Was wusste er von dem rückdatierten Förderantrag zugunsten der BABAG?"

Baumer drehte den Lautsprecher seines Autoradios lauter.

„Von den illegalen Aktivitäten der Baugesellschaft habe er nichts gewusst, beteuerte der Oberbürgermeister auf der letzten Pressekonferenz an diesem Vormittag. Die Opposition im Gemeinderat forderte den Chef der Stadtverwaltung auf, unverzüglich zurückzutreten. Unserem Stuttgarter Korrespondenten gegenüber sah sich der Regierungschef außerstande, irgendwelche Aussagen zum Kreditkomplex zu machen. Dazu müsse er erst die Aktenlage studieren, betonte der Ministerpräsident."

VII

Notbremse

34

Baumer genoss den richtig faulen, gemütlichen Sonntag. Morgens hatte er lange ausgeschlafen, es folgte ein ausgiebiges Frühstück, Croissants aus der Kühltruhe, ein weichgekochtes Ei und Tee, dazu die Wochenendausgabe des Rhein-Neckar-Anzeigers mit großem Sportteil. Er legte die Beine hoch. Als er mit dem Frühstück fertig war, war es kurz nach elf. Er rief im „La Stella“ an, bestellte einen Tisch für 13 Uhr, für eine Person. Lene leckte sich zufrieden die Schnauze. Gekochte Schweinelende. Was anderes hatte er in der Kühltruhe nicht gefunden. Solche Leckerbissen hatte es für das Kätzchen seit ewigen Zeiten nicht mehr gegeben. Lene war fast über Baumer hergefallen, gestern Abend, als er kurz nach zwanzig Uhr eingelaufen war. Ein vergammelter Samstagabend in Jogginghosen. Er hatte sich eine Pizza in den Backofen geschoben, die er beim Hin- und Herschalten zwischen „Wetten dass“, einem Edelwestern mit John Wayne und den Video-Clips bei MTV und Viva verdrückte. Später beim „Aktuellen Sportstudio“ überschlugen sich die Stimmen der Sportreporter, Berichterstatter vom Schlachtfeld Bundesliga.

Seinen Wunsch, bei Janine anzurufen, hatte er unterdrückt, sich langsam auf den Montag vorbereitet, Rückkehr in einen Lichtjahre entfernten Alltag, und sich mit den „Sexy Clips“ auf DSF getröstet, wackelnde Busen und Pos, so langweilig und öde, dass er dabei einschlief und erst beim „Frühstück mit dem Killer“ gegen halb drei wieder aufwachte. Nach seinem Sonntagmorgenfrühstück brachte er das Haus wirklich auf Vordermann. Es war nicht viel zu tun. Küche und Esszimmer mussten ausgefegt werden, ein paar Tassen und Frühstücksbrettchen waren abzuspülen, das Wohnzimmer war zu saugen, die Treppe musste gekehrt werden, die Kinderzimmer waren noch tipptopp in Schuss. Im Arbeitszimmer wischte Baumer schnell mit dem Staubtuch über den Schreibtisch, den Computer und die Regale. Dann überwand er sich und betrat kurz entschlossen das Schlafzimmer, zum ersten Mal seit Montagabend. Die ganze Woche hatte er auf der unbequemen Sitzgarnitur im Wohnzimmer geschlafen, ein denkbar schlechter Schlafplatz. Baumer riss das Schafzimmerfenster auf. Immer noch hing ein beißender Geruch in der Luft. Später, so nahm er sich vor, wollte er unbedingt noch das Bett frisch beziehen. Marianne würde keinen Verdacht schöpfen, die Wäsche müsste sowieso gewechselt werden. Zum Abschluss seiner Putzaktion goss Baumer noch die Blumen im ganzen Haus. Einige hatten es echt nötig, es würde mit Marianne Ärger geben. Nach gut einer dreiviertel Stunde war er fertig.

Willy DeVille durfte sein "Could-you-would-you" endlich einmal bei voller Lautstärke performen, "could you love me like I love you", Willy mit perfidem Zuhältercharme, "I look into your eyes, they say a million things", herzzerreißend, "cathedral bells they start to ring, and you are mine forever and ever", nur Willy nahm man so eine Schnulze ab. Zehn vor eins ging Baumer dann zu Fuß ins „Stella" in der Mosbacher Straße, hungrig war er eigentlich noch gar nicht. Zum Einstimmen orderte er einen Campari Soda, es folgte als Vorspeise ein italienischer Salat mit frischen, noch knackigen Bohnen, die Spaghetti mit der Lachs-Soße waren ein Gedicht. Nach einem doppelten Espresso genehmigte Baumer sich zum Verdauen einen Grappa. Den Rückweg baute er zu einem richtigen Verdauungsspaziergang aus und machte durch die Felder einen Abstecher nach Feudenheim in den Biergarten des Geflügelzuchtvereins. Die Sonne schien, was lag also näher als ein Gläschen Wein unter den gestutzten

Platanen zu trinken? Der Wirt der „Goggelrobber" hatte gewechselt. Jetzt wurden Cevapcici und Ochsenspieß vom Grill serviert, keine gut bürgerliche, deutsche Hausmannskost mehr. Der Rotwein war wirklich trocken, ein sauberer Pfälzer Portugieser, Baumer schlürfte zwei Viertel. Mit leichter Schlagseite absolvierte er den Rückweg nach Wallstadt. An so einem faulen, ruhigen Sonntag durfte ein Mittagsschläfchen nicht fehlen. Er schaffte es gerade noch bis auf das Sofa, legte sich hin und schlief sofort ein.

Kurz nach fünf erwachte Baumer aus dem Tiefschlaf und fühlte sich prächtig. Die zwei Viertel hatten ihm gutgetan, durch das Wohnzimmerfenster fiel die Nachmittagssonne. Ein Wetter zum Bäumeausreißen. Eine kleine Spritztour, warum nicht? Also rein in den Wagen, einfach losfahren, unberührte Natur, Wald und Wiesen, gute Luft, die reine Erholung. Natürlich war der Parkplatz an der Strahlenburg in Schriesheim hoffnungslos überfüllt. Baumer musste mehrere Runden drehen, bis er endlich eine Parklücke fand. Er reihte sich ein in die Prozession, die sich durch die Weinberge schob, blinzelte in die Spätnachmittagssonne, lauschte bellenden Hunden, schreienden Kindern und keifenden Eltern. Die reinste Sonntagnachmittagsidylle! Es war kurz nach halb neun, als er von seinem Ausflug zurückkam, immer noch bester Laune. Baumer freute sich auf einen gemütlichen Sonntagabend, von ihm aus ruhig wieder vor dem Fernseher. Zu diesem Zeitpunkt konnte er noch nicht ahnen, wie der Sonntag ausklingen würde. Baumer war noch nicht richtig im Haus, da klingelte das Telefon. Eine leise Ahnung beschlich ihn, dass Turbulenzen bevorstanden.

35

Sonntagmorgens war hier der Teufel los. Aus allen Himmelsrichtungen schwärmten Unmassen von Joggern zum Zentrum, trippelten auf der Stelle, bis sich einzelne Gruppen auf ein nicht erkennbares Zeichen zusammenrotteten und vom Zentrum aus losliefen. Jeden Sonntagmorgen ab acht. Am Karlstern im Käfertaler Wald. Heute Abend lag der überdimensionierte Holzunterstand verlassen da. Ein Liebespaar drückte sich eng umschlungen auf eine Bank. Der Brunnen hinter dem Karlstern plätscherte wie immer. Hinten beim Minigolf saßen ein paar Jugendliche im Kreis um ein Monstrum von einem CD-Player, Rapmusik in einer Lautstärke, die selbst auf die Entfernung noch deutlich zu hören war. Baumer gab den Batterien nicht mehr lange. Er ließ das Liebespaar rechts, die Jugendlichen links liegen und verzog sich auf den Spielplatz, jonglierte die Hängebrücke zum Cowboy-Fort entlang, kletterte den Wachtturm hoch und ließ die Beine über die Holzeinfassung baumeln. Er schaute auf die Uhr, konnte aber in der Dunkelheit nichts erkennen. Es musste Viertel nach elf sein. Punkt elf hatte er das Auto geparkt, nicht auf dem Parkplatz, etwas weiter hinten, in einem Seitenweg versteckt, fast im Gebüsch. Er hatte noch Zeit. Mitternacht war ausgemacht. Unten auf der Plattform am Karlsternweiher, in dem die Riesenkarpfen auf Silvester warteten, würde sich das Treffen abspielen. Baumer sollte als erster unten am Weiher sein. Er sprang vom Wachtturm herunter und ging zum Pavillon vor, der schräg oberhalb des Abgangs zum Weiher die Wanderer zu einer Rast einlud. Von hier aus hatte man den Zugang selbst und die Plattform gut im Blick. Früher hatte die Plattform aus einer Holzkonstruktion bestanden, die auf Stelzen in den Weiher hineingeragt hatte. Mit der Zeit war das Holz verrottet. Die Stadtverwaltung hatte den

Zugang zum Weiher einige Monate gesperrt und dann die Holzkonstruktion vollkommen entfernen lassen und mit großen Steinquadern und viel Rollsplitt als Bodenbelag einen zwar weniger imposanten Beobachtungspunkt geschaffen, der jedoch den großen Vorteil hatte, ziemlich verwitterungsresistent zu sein.

„Nur wenn ich Sie von oben sehe, komme ich runter“, war er am Telefon instruiert worden. Er hatte ein flaues Gefühl im Magen. Der Treffpunkt war reichlich abgelegen und einsam. Baumer hatte versucht, Griese zu einem anderen Treffpunkt zu überreden. Aber der war unnachgiebig gewesen und Baumer konnte Griese irgendwie auch verstehen. In seiner Position wollte er sich natürlich an einem möglichst verschwiegenen Ort mit Baumer treffen. Baumer packte den kalten Stahl in seiner Jackentasche, streichelte mit dem Finger darüber, spielte am Schieber zum Entsichern, ließ ihn jedoch in verriegelter Stellung. Er verließ den Pavillon, ging zum Weiher vor, versuchte unten am Weiher etwas zu erkennen. Er schlich gebückt nach unten, wollte sich mit der Örtlichkeit vertraut machen. Er tastete das Geländer rings um die Plattform ab, es war stabil und überall intakt. Er erinnerte sich an ein durchgefaultes Brett etwa in Mitte der alten Holzkonstruktion. Als er mit seiner Familie vor einiger Zeit die Fische gefüttert hatte, war Marianne hineingetreten und hatte sich die Wade aufgeschrammt. In dem diffusen Mondlicht schritt Baumer den Beobachtungspunkt ab. Dann orientierte er sich über die Lichtverhältnisse, suchte sich einen Standort, bei dem er das einfallende Mondlicht hinter sich und einen optimalen Einblick auf den Zugangsweg hatte. Alles in allem kam er sich sehr wichtig vor. Baumer hatte das Terrain ausgiebig erkundet, noch ein Griff zum kalten Metall, dann machte er sich auf den Rückweg. Er hielt sich an der Abzweigung rechts. In den Pavillon in nicht einmal fünfzig Metern Entfernung wollte er sich verziehen und erst ein, zwei Minuten vor zwölf auf der Plattform erscheinen, allerdings nicht über den üblichen Zugangsweg. Er würde von der Hinterseite kommen und wie von Zauberhand auf der Plattform auftauchen.

Grieses überraschender Anruf. Überraschend, weil Baumer nicht damit gerechnet hatte, dass Griese seine Telefonnummer hatte, über seine Identität Bescheid wusste. Bei näherem Überlegen stellte das jedoch kein Problem dar. Griese kannte schließlich die Adresse von Yvonnes letzter Station, also war es ein Kinderspiel, Baumers Telefonnummer herauszubekommen.

„Hat es Ihnen die Sprache verschlagen?“, fing Griese das Gespräch an. „Auf dem Fernsehturm haben Sie sich nicht so zurückgehalten. Gute Arbeit, alle Achtung, profihaft. Sie haben glatt den Beruf verfehlt. Sie wissen etwas von mir, ich weiß einiges von Ihnen, darüber sollten wir uns in aller Ruhe unterhalten.“

Zehn vor zwölf. Auf der Plattform war so gut wie nichts mehr zu erkennen. Was wollte Griese von ihm? Wozu dieser geheimnisvolle, abgelegene Treffpunkt? Sicher, Griese musste die Öffentlichkeit meiden. Wollte er nur reden? In aller Ruhe reden? Was hatte er vor?

„Sie wissen etwas von mir, ich weiß einiges von Ihnen.“

Es gab doch wohl Unterschiede. Baumer glaubte, dass sein Wissen von Griese bedeutend schwerer in der Waagschale lag. Griese war schnell aus der Untersuchungshaft gekommen, weiß der Teufel, wie er das angestellt hatte. Ausgestanden war die Sache damit für ihn nicht. Er würde Ärger kriegen. Nichts konnte er weniger brauchen als eine zusätzliche Mordanklage. Baumer stellte für Griese eine unberechenbare Gefahr dar. Er konnte nicht so naiv sein zu glauben, sein lächerliches Wissen könne ihn neutralisieren. Also, was führte Griese im Schilde? Im Grunde gab es zwei Möglichkeiten. Einmal konnte er sein Wissen so geschickt einsetzen, kombiniert mit einem handfesten Anreiz, dass Baumer das Schweigen leicht fiel. Grundsätzlich war er jedoch nicht dauerhaft und absolut sicher ausgeschaltet. Baumers Handinnenflächen waren feucht. Zum anderen konnte Griese ihn im wahrsten Sinne des Wortes zum Schweigen bringen. Baumer traute Griese zwar so eine Konsequenz nicht zu. Der machte in seiner leicht abwesenden, eine Spur vertrottelt wirkenden Art eher einen harmlosen Eindruck. Einwand: aber Yvonne! Baumer musste auf alles gefasst sein. Er hatte keinen Moment gezögert, Tim Gräbers Revolver einzupacken. Zu Hause auf dem Küchentisch lag ein Brief, in dem Baumer sein Wissen über Griese aufgeschrieben hatte. Sollte ihm etwas zustoßen, würde Marianne das Kuvert finden. Er zog den Revolver aus der Tasche, ließ sie von der einen in die andere Hand gleiten. Bei der Berührung mit dem Revolver stellte sich ein Gefühl der Sicherheit ein. Die Wolke war inzwischen weitergezogen. Der Mond erstrahlte in vollem Licht. Drei Minuten vor zwölf. Er schob den Entsicherungsriegel nach vorne. Er rastete mit einem Klicken ein. Baumer steckte den Revolver wieder ein und erhob sich von der Bank.

36

Mitternacht vorbei. Der Aufgang zum Karlsternweiher lag verlassen im Mondlicht. Baumer drückte sich an das Geländer. Den Revolver in seiner Jacke hielt er fest umklammert. Er stand in der rechten Ecke der Plattform, halb verdeckt von einem Busch, eine ideale Position. Fünf nach zwölf. Von Griese keine Spur. Wollte der ihn zum

Narren halten? Bis viertel nach gab Baumer ihm Zeit.

„Ich komme nur, wenn ich Sie von oben deutlich sehe", hatte Griese am Telefon gesagt. Ob Griese auf der Lauer lag, auf Baumer wartete, ihn schlicht und einfach noch nicht entdeckt hatte, zumal er ja von hinten durch das Gebüsch gekommen war? Baumer beschloss, seinen Standort zu verlassen und bewegte sich auf der Plattform, um die Aufmerksamkeit auf sich zu ziehen. Dann zog er sich wieder in seine Ecke zurück.

Aus der Dunkelheit der Bäume löste sich eine schlanke Gestalt, mindestens einsneunzig groß, federnde leichte Schritte, auf dem sandigen Boden nicht hörbar. Am liebsten wäre Hermann Baumer im Boden versunken.

„Bleiben Sie stehen."

Baumers Stimme war eine Spur zu laut. Griese blieb fünf Meter von Baumer entfernt stehen.

„Keine Panik. Sie erschrecken ja die Karpfen im Teich."

Eine Taschenlampe blitzte auf. Baumer hielt die linke Hand vor die Augen, die rechte blieb in der Jackentasche. Der Strahl der Taschenlampe wanderte an ihm entlang bis hinunter zu den Fußspitzen. Dann ging die Taschenlampe aus.

„Was haben Sie in Ihrer Tasche?", fragte Griese.

„Vielleicht einen Revolver."

Griese lachte künstlich auf.

„Sie gefallen mir."

Er machte einen Schritt nach vorne.

„Bleiben Sie, wo Sie sind."

Griese hob abwehrend die Hände und blieb stehen.

„Sie wundern sich sicher, dass ich schon aus dem Gefängnis entlassen bin. Persönliche Verbindungen. Ich weiß zu viel. Könnte mich verplappern. Ich halte in einigen wichtigen Punkten den Mund. Im Gegenzug wird der

Gerechtigkeit nur soweit Genüge getan, wie es die öffentliche Meinung unbedingt erforderlich erscheinen lässt. Ich reiche unverzüglich meinen Antrag auf Versetzung in den Ruhestand ein. Wenn ich Glück habe, komme ich mit einem blauen Auge davon. Und manch einer in der Stadtverwaltung hat einige Sorgen weniger. Wie finden Sie das?"

„Was soll die Frage?"

In Baumers Stimme schwang ein aufmüpfiger Unterton mit.

„Ihre billigen Schiebereien interessieren mich nicht. Es geht um Mord. Den Mord an Yvonne!"

Baumer hatte die Hand aus der Jackentasche gezogen, ballte beide Fäuste vor der Brust.

„Ich schlage Ihnen ein Geschäft vor, ein faires Geschäft auf Gegenseitigkeit."

„Sie wollen mir ein Geschäft vorschlagen. Soll das ein Witz sein?"

„Mord ist ein starkes Wort. Ich würde es Notwehr nennen. Haben Sie Yvonne gekannt, ich meine, näher gekannt? Haben Sie Bescheid gewusst über ihre kleinen schmutzigen Gaunereien? Bei mir hat sie es am Anfang auch versucht. Ich habe ihr das Appartement besorgt, ihr ab und zu unter die Arme gegriffen, dafür hat sie einen Vormittag und einen Abend pro Woche für mich freigehalten. Natürlich habe ich meine Tasche dabei gehabt, wichtige Geschäftsunterlagen, meinen Laptop. Ich Trottel war zu naiv! Yvonne muss in einem unbeobachteten Augenblick in meinen Sachen herumgeschnüffelt und die Unterlagen gefunden haben. Und Sie hatten nichts Besseres zu tun, als alles in der Weltgeschichte herumzuschicken! Am Montagmorgen hat Yvonne mich angerufen, hat ganz durcheinander geklungen, was von einer Herzoperation erzählt. Fünfzigtausend wollte Sie, ganz schnell und bar auf die Hand. Sie war nicht davon abzubringen. Alles weitere wissen Sie ja. Sie mit Ihren Briefen! Wir hätten das anders regeln können!"

Baumer unterbrach Grieses Redeschwall.

„Kommen Sie zum Geschäft."

Griese stockte, machte einen weiteren Schritt in Richtung Baumer.

„Ihr Schweigen gegen mein Schweigen."

„Warum sollte ich?"

Baumer erkannte trotz des diffusen Lichts den erstaunten Ausdruck auf Grieses Gesicht.

„Wollen Sie mich für dumm verkaufen? Sie haben eine ganze Menge auf dem Kerbholz, genug für einige Jährchen."

Baumer hob beide Arme hoch, ließ den linken Arm langsam nach unten sinken, während der rechte unbeweglich oben blieb.

„Finden Sie nicht, dass die Waage auf Ihrer Seite viel leichter ist, dass mein Wissen schwerer wiegt."

„Darüber wollte ich mit Ihnen reden."

„Reden, reden, mit einem Mörder gibt es nichts zu reden."

Baumers Stimme überschlug sich.

„Jetzt nehmen Sie sich, verdammt noch mal, zusammen. Von einer Null wie dir lasse ich mir doch nicht meine Existenz kaputtmachen. Du kommst jetzt zur Vernunft, auf der Stelle!"

Grieses Hand hob sich langsam, fuhr die Brust hoch, verschwand im Mantelaufschlag. War es Panik? War es seine Unerfahrenheit? War es Grieses anmaßender Tonfall? Was war, wenn Griese im nächsten Moment auf ihn anlegte? Er musste handeln. Er musste schneller sein. Krampfhaft umfasste Baumer den Revolver, den Finger am Abzug. Ehe er einen klaren Gedanken fassen konnte, krümmte er den Finger – es fiel ein Schuss. Grieses Mund öffnete sich, wurde rund und größer, doch kein

Wort kam über seine Lippen. Er kippte nach hinten und schlug mit dem Kopf hart auf einen Granitquader der Einfassung.

37

Baumer fuhr sich mit dem Arm über den Mund, um den Splitt wegzuwischen. Er lag auf dem Bauch, musste gestolpert sein. Er blickte auf, Dunkelheit um ihn herum. Er drehte sich zur Seite, sah vor sich das Wasser schimmern.

Der Karlsternweiher fiel ihm ein, die dicken Karpfen, die gierig nach den hingeworfenen Brotbrocken schnappen, Evas Quietschen.

„Noch ein Stück, Mama, was, schon alle, schade."

Die Plattform. Griese, der auf dem Boden lag, umgekippt wie ein Sack, seine weit aufgerissenen Augen, die Überraschung in seinem Blick, die Angst, für den Bruchteil einer Sekunde, kurz bevor er nach hinten kippte. Baumer rappelte sich hoch, in der Hand hielt er noch immer den Revolver. Die Waffe schien mit seinen Fingern verwachsen zu sein. Was hatte er nur angerichtet? Warum war er überhaupt zu diesem unsinnigen Treffen gekommen? Was hatte er Griese beweisen wollen? Rachegefühle? Warum war Griese so unvorsichtig gewesen? Was hieß unvorsichtig? War es nicht seine einzige Chance gewesen, der Grund des mitternächtlichen Rendezvous? Griese oder Baumer. Hermann Baumer war schneller gewesen. Das war alles.

Er ging die wenigen Schritte zu Griese zurück. Griese lag auf dem Rücken, sein Kopf auf einem der Granitsteine. Grieses Augen waren aufgerissen, aber jetzt leer, ausdruckslos. Baumer glaubte eine Blutlache neben seinem Kopf zu erkennen, aber er zwang sich, nicht in die Richtung des Kopfes zu blicken. Grieses rechte Hand war im Mantel verschwunden. Baumer packte den Arm an, zog ihn vorsichtig zur Seite. Die Hand fühlte sich warm an. Baumer tastete die Brustseite des Mantels von außen ab. Nichts Hartes war zu spüren! Wieder ergriff ihn Panik. Baumer riss den Mantel vorne auseinander. Ein Knopf kullerte auf den Boden, rollte einige Zentimeter, war dann zwischen dem Splitt nicht mehr zu sehen. Baumer durchwühlte Grieses Brusttasche, zerrte einen Umschlag heraus, tastete den Oberkörper ab. Griese hatte definitiv keine Waffe bei sich gehabt!

Baumer stülpte die Seitentaschen nach außen, die Taschenlampe und ein weiterer Gegenstand polterten zu Boden. Er knipste die Lampe an, legte sie neben sich, sah, dass es sich bei dem zweiten Gegenstand um ein Pfefferspray handelte. Pfefferspray! Griese war mit einem lächerlichen Pfefferspray bewaffnet gewesen! Und Baumer hatte gedacht, Griese wolle eine Waffe ziehen und ihn abknallen! Der Umschlag. Baumer riss ihn auf. Im Schein der Lampe konnte er einen dicken Packen Geldscheine ausmachen. Zur Beschwerung seiner Waagschale! Er stopfte das Geld in seine Jackentasche, knipste die Taschenlampe aus, wischte den Revolver mit einem Taschentuch sorgfältig ab, obwohl er Handschuhe trug, packte die Waffe mit dem Tuch am Lauf an und warf sie nicht allzu weit in den Karlsternweiher. Ein Tatort am Wasser. Baumer vertraute der Polizei. Die würden, da keine Tatwaffe herumlag, bestimmt den Weiher absuchen.

Weit entfernt glaubte Baumer, Rapmusik zu hören. Kein Zweifel, die Geräusche kamen näher. Hinter der monotonen Musik konnte er Stimmen erkennen, Lachen.

Er schubste die Taschenlampe mit der Fußspitze in den Teich, suchte mit Blicken die Plattform ab, soweit das möglich war, sah nichts, nur Griese auf dem Boden. Baumer rannte los. Als er oben am Weg ankam, erstarrte er. Die Rapper waren ganz nahe, die Bässe dröhnten. Baumer konnte einige schemenhafte Gestalten erkennen. Er machte kehrt, flankte über das Geländer, landete im Wasser, verlor das Gleichgewicht. Er fing sich mit den Armen ab. Zum Glück war das Wasser nicht tief, ging ihm gerade mal bis an die Knie. Er zog sich an einem Gebüsch ans Ufer. Die Jugendlichen waren nicht zum Teich heruntergekommen. Sie hatten sich in den kleinen Pavillon oben am Weg verzogen. Ihr Reservoir an Batterien musste unerschöpflich sein. Baumer lief ungefähr hundert Meter am Zaun, der den Karlsternweiher umschloss, entlang, bis er eine Stelle fand, die er leicht überklettern konnte. Er beschloss, nicht am Karlstern vorbei zum Auto zurückzugehen, sondern durch den Wald einen weiten Bogen zu schlagen. Als er nach einer Ewigkeit endlich sein Auto wiedergefunden hatte, war er keiner Menschenseele begegnet. Mit nassen Beinen und Armen klemmte Baumer sich hinter das Steuer und ließ den Motor an.

VIII

Nachspiel

38

Es ging auf die Sechs zu. Das Haus war in einem Superzustand, Lenes Katzendosenfutterlager in der Speisekammer aufgefüllt. Baumer war gut gerüstet. Marianne konnte mit den Kindern kommen.

Er schaltete das Radio in der Küche ein, machte einen Kontrollgang durch das Haus, schaute in jedes Zimmer und erschrak im Schlafzimmer. Er hatte vergessen, das Bett frisch zu beziehen. Er riss schnell Bettzeug aus der Kommode und knallte es auf das Bett, damit es wenigstens so aussah, als ob er es hatte beziehen wollen.

Unten klingelte es. Aus dem Kinderzimmerfenster konnte er Mariannes roten Fiesta ausmachen. Baumer rannte nach unten, lief in einen Dauerklingelton. Alexanders Handschrift. Bevor er das Hoftor aufreißen konnte, hatte Marianne bereits aufgeschlossen. Eva flog ihm entgegen, fiel ihrem Vater um den Hals und erdrückte ihn fast. Baumer setzte sie auf den Pflastersteinen ab. Sie kam ihm zehn Zentimeter größer vor. So viel konnte sie unmöglich in der einen Woche gewachsen sein.

„Neue Rollerskates mit Superrollen, von Oma und Opa."

Marianne stand einen Schritt hinter Eva und schaute ihren Mann wohlwollend an. Der ging ihr entgegen, nahm sie in die Arme, sie hielt ihm die Backe hin.

„Mich beachtet niemand."

Alexander schmollte noch draußen auf der Straße. Baumer nahm ihn sich zur Brust. Alexander machte ein Hohlkreuz, konnte aber dem Kuss nicht ausweichen. Er wand sich aus den Händen seines Vaters und streckte seinen Fuß vor.

„Guck mal, Fußballschuhe mit Schraubstollen!"

„Sollen wir hier im Hof versauern, was ist das für eine Begrüßung?", fragte seine Frau.

Baumer schob die Familie zur Haustür hinein, schnappte aus dem Kiefernschränkchen zwei Sherrygläser und die halbleere Flasche und goss ein.

Marianne machte ihren Rundgang durch das Haus.

„Sieht ja ganz manierlich aus, hab's mir schlimmer vorgestellt. Lene geht es auch gut? Was gibt es Neues, erzähl!"

Marianne setzte sich an den Esszimmertisch. Sie machte einen entspannten, erholten Eindruck.

„Was soll es schon Neues geben? So wie immer."

Alexander hüpfte zu seinem Vater auf den Schoß.

„Papa, Opa ist Karussell mit mir gefahren. Papa, fährst du mit mir auch Karussell? Bitte, Papa!"

„Klar, das machen wir. An Pfingsten ist wieder das Stadtfest am Wasserturm. Da fahren wir mit dem Karussell. Versprochen."

Alexander rannte aus dem Zimmer. Marianne trank ihren Sherry aus, hielt das Glas lange oben, kostete auch den letzten Tropfen aus.

„Noch ein Glas?"

Sie winkte ab.

„Wo hast du dich gestern Abend rumgetrieben? Ich habe versucht, dich zu erreichen. Jetzt mach doch die blöde Werbung aus."

Baumer drehte das Radio leiser.

„Gestern Abend? Ich habe einen langen Spaziergang gemacht, durch die Felder bis an den Vogelstang-See, auf dem Rückweg eine kleine Rast bei den Goggelrobbern, neuer Wirt, Kroate, die haben einen schönen trockenen Rotwein."

„Gib mir doch noch einen Sherry."

Er goss nach.

„I know how I feel about you now..."

Eva hatte ihren Stammplatz im Kinderzimmer eingenommen, den CD-Player in Reichweite, einen Stapel CDs davor, ein Blatt Papier, die Malstifte um sich herum verteilt.

„Wie hast du es denn ohne uns ausgehalten all die Tage?"

Baumer versuchte ein zerknirschtes Gesicht zu machen.

„Gefehlt habt ihr mir, du und die Kinder."

Marianne packte ihren Mann zärtlich an der Nase. Drüben in der Druckerei knallten irgendwelche Pakete mit Drucksachen auf die Ladefläche eines Lieferwagens.

„Die Aussichten für Dienstag: leichter Temperaturrückgang und aufkommende Bewölkung."

„Sei doch ehrlich! Genossen wirst du sie haben, die Tage ohne mich und die Kinder."

An die Glastür zum Garten donnerte Alexanders Fußball. Baumer duckte sich unwillkürlich, aber die Tür hielt der Wucht des Schusses stand. Er ging zur Tür und öffnete sie. Alexander stürmte ins Esszimmer.

„Willst du nicht auf dem Bolzplatz kicken?"

„Nur wenn du mitkommst."

„Es ist schon nach sieben. Die Kinder müssen ins Bett."

„Wir haben doch die ganze Zeit im Auto geschlafen."

Alexander sah Marianne mit einem flehenden Blick an.

„Die Polizei vermutet einen Zusammenhang zwischen der Ermordung des ehemaligen Leiters des Amtes für Grundstückswesen und dem Tod der Prostituierten Yvonne D. vor genau einer Woche. Wie erst jetzt bekannt wurde, gehörte Yvonne D. zum Bekanntenkreis von Griese."

„Entscheide du das, Hermann."

„Entscheiden? Was soll ich entscheiden?"

„Die Sache mit dem Bolzplatz."

Baumer entspannte sich wieder.

„Geh schon mal vor, ich komme nach."

„Die Polizei bittet um Ihre Mithilfe. Der Tat dringend verdächtigt in beiden Fällen ist Tim Gräber. Mit einem auf seinen Namen zugelassenen Revolver wurde Griese gestern Nacht erschossen. Der Revolver wurde im Karlsternweiher in unmittelbarer Nähe des Tatortes gefunden. Von Tim Gräber fehlt bislang jede Spur."

„Lass doch den Jungen nicht ewig warten."

„Der Tatverdächtige ist ein Meter siebenundsechzig groß."

Alexander kam ins Esszimmer gelaufen.

„Wie aus gut informierten Kreisen verlautete, rechnet der Sprecher der Stadtverwaltung damit, dass die Untersuchungen im Zusammenhang mit den Unregelmäßigkeiten im Amt für Grundstückswesen zügig zu Ende gebracht werden können."

Alexander war ganz aufgeregt.

„Draußen stehen zwei Polizisten. Ein Mann und eine Frau. Die wollen zu Papa."

Baumers Handinnenflächen wurden feucht. Marianne schaute ihn überrascht an. Baumer ging nach draußen. An der Garderobe hing noch die Jacke, die er gestern Nacht getragen hatte. In der Tasche war Grieses Geldpacken! Er war wirklich ein Dilettant! Zehntausend Euro! Die Polizisten hatten sich den besten Augenblick ausgesucht.

„Sie sind Hermann Baumer?"

Baumer nickte, wollte noch sagen, dass sie bitte kein Aufsehen machen sollten, die Kinder, die Nachbarn.

„Können wir hereinkommen?"

Baumer zeigte mit dem Arm in Richtung Haustür. Also wurde keine Rücksicht auf die Kinder genommen, aber wenigstens bekamen die Nachbarn nicht allzu viel mit.

„Wir haben noch einige Fragen bezüglich Ihrer Anzeige gegen die Schnelldruckerei „Spitz und Söhne" nebenan. Es wird nicht lange dauern."

Zwei wichtige Hinweise zum Schluss

- *Weil „Mannheimer Karussell" an realen Schauplätzen in Mannheim spielt, könnte leicht der Eindruck entstehen, auch die erzählte Geschichte habe sich wirklich so zugetragen. Dem muss ich widersprechen. Personen und Handlungen sind frei erfunden.*

- *Bei **„Mannheimer Karussell"** handelt es sich um die erweiterte und bearbeitete Neufassung der Kriminalerzählung **„Baumers Fall"**, die 1998 in kleiner Auflage erschienen war und seit längerem vergriffen ist. Die Illustrationen von Heiko Prodlik-Olbrich wurden eigens für die Neufassung erstellt.*

Danke an…

- *alle, die das Entstehen des Buches durch vielfältige Unterstützung erst ermöglicht haben,*
- ***Schwester Maria** für Nachhilfe in Sachen Tötungsvarianten,*
- ***Ulrich Wellhöfer, meinen Verleger,** für viele Anregungen und Vorschläge sowie fundierte Lektoratsarbeit,*
- ***Irene, meine Frau,** für kritische Anmerkungen, für unnachgiebige Streichungen, für die Endredaktion an langen Januarabenden und überhaupt für alles.*

Walter Landin

1952 in Dirmstein geboren, lebt seit 1974 in Mannheim, Realschullehrer in Mannheim-Feudenheim. Schreibt Prosa, Lyrik, Theaterstücke und Texte im „Pälzer Saund“.
Mitglied im Verband Deutscher Schriftsteller.

Auszeichnungen:

1984 erster Preis beim Mannheimer Kurzgeschichtenpreis
1994, 1998 und 2007 Preisträger beim Mundartwettbewerb des Arbeitskreises Heimatpflege Nordbaden
1990 Förderpreis Literatur des Bezirksverbandes Pfalz
2003 zweiter Preis beim Agatha-Christie-Krimipreis
2006 Preisträger beim Marburger Kurzdramenwettbewerb

Buchveröffentlichungen:

1985 „Wenn erst Gras wächst“, Erzählungen, Pfälzische Verlagsanstalt, Landau
1988 „Dorfluft“, Erzählung, ebenda
1993 „Kennscht du detscht du“, Pälzer Saund, cjm Verlag, Speyer
1999 „das Gras die Stille der Mohn“, Gedichte, Klaus-Bielefeld-Verlag, Friedland
2003 „Das Kalte Herz, Hörbuch mit der Musik von Kaikai, Vineta-Musikverlag, Mannheim
2005 „Wu bitte is die Speisekart?“, Pälzer Saund, cjm Verlag, Schifferstadt
2007 „Mord im Quadrat“, Wellhöfer Verlag Mannheim
2007 Hörbuch zu „Mord im Quadrat“, Wellhöfer Verlag
2007 „Mord im Quadrat“, zweite Auflage

www.landin.de

Heiko Prodlik-Olbrich

1948 in Göttingen geboren, lebt in Springe bei Hannover, arbeitet als Maler, Grafiker und Bildhauer, zahlreiche Buch- und Titelillustrationen (u.a. zu „Wenn erst Gras wächst“ und „Wu bitte is die Speiskart“), Ausstellungen im In- und Ausland.

www.prodlik-olbrich.de

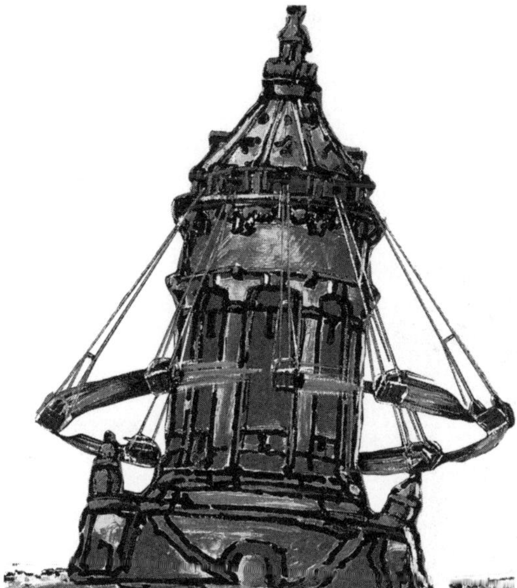

Kurpfalz-Krimis im Wellhöfer Verlag
www.kurpfalz-krimis.de

Band 1
Mord im Quadrat

Buch: Euro 9,80
Hörbuch auf 2 CDs: Euro 19,95

Spannung und augenzwinkernde Ironie fesseln den Leser der 20 Mannheimer Mordgeschichten. Der regionale Bestseller von Mannheims Erfolgsautor Walter Landin (*Zauberer des Wortes, der mehrfach ausgezeichnete Mannheimer Krimiautor,* Mannheimer Morgen)
Erstes Mannheimer Krimi-Hörbuch, gelesen von Bettina Franke und Berthold Toetzke. Musik: Hans Reffert

---

Band 2
Tod im Seminar

Euro 9,80

Ludwigshafen: Schock bei der Stadtverwaltung. Ein Seminar endet mit einer Leiche. Hinter der Fassade einer korrekten Verwaltung tun sich Abgründe auf, über die früher höchstens gemunkelt wurde. Der Täterkreis ist größer als zunächst vermutet.
Manfred H. Schmitt ist als städtischer Personalleiter mit den fachlichen und menschlichen Zusammenhängen in einer Verwaltung eng vertraut und weiß mit seinem Roman bestens zu unterhalten.